Geheime Krieger

YOSSI DISKIN

GEHEIME KRIEGER

3. AVI HALON MOSSAD THRILLER

Bibliografische Information der Deutschen Nationalbibliothek:
Die Deutsche Nationalbibliothek verzeichnet diese Publikation in der
deutschen Nationalbibliografie; detaillierte biografische Daten
sind im Internet über dnb.dnb.de abrufbar.

Satz, Umschlaggestaltung, Herstellung und Verlag:
BoD – Books on Demand, Norderstedt

ISBN: 978-3-7597-3600-0

INHALT

MITTWOCH, 4. NOVEMBER 2020

Jerusalem, Balfour-Straße, offizielle Residenz des Premierministers – Während in Washington noch tiefe Nacht herrschte und die Hälfte der amerikanische Nation gespannt vor dem Fernseher saß, war über Israel die Sonne bereits vor zwei Stunden aufgegangen. Der Premierminister hatte die ganze Nacht kein Auge zugetan. In dieser denkwürdigen Nacht hatte er nur den Generaldirektor des Mossad bei sich haben wollen. Während er selbst, leicht nach vorn geneigt und in bequemen Hauslatschen, auf einem braunroten Lederhocker vor dem Flachbildschirm saß und wie gebannt auf die Entwicklung der roten und der blauen Kurve starrte, hatte es sich der Mossadchef zwei Meter hinter ihm in einem Ohrensessel bequem gemacht.

Ron Dahan, so der Name des Topspions, trug eine anthrazitfarbene Hose mit scharfer Bügelfalte und ein blütenweißes Hemd mit gestärktem Kragen. Der oberste Knopf seines Hemds war wie gewohnt geöffnet. Mit übereinander geschlagenen Beinen las er in seinem Tablet den

Bericht seines Führungsoffiziers Ohad Iluz. Der ständig aktualisierte Stand der Stimmenauszählung der amerikanischen Präsidentschaftswahl interessierte ihn nicht, da er das Ergebnis bereits kannte – nicht das exakte, aber das ungefähre. Donald Trump würde keine zweite Amtszeit erhalten.

Der Ministerpräsident starrte wie gebannt auf die Entwicklung der roten Linie. Der Abstand zwischen den regierenden Republikanern und den oppositionellen Demokraten wurde unablässig größer. Donald Trump, der amtierende US-Präsident, lag unschlagbar in Führung, und die ganze Welt war von seiner Wiederwahl überzeugt. Bei den vergangenen Wahlrallys hatte der republikanische Amtsinhaber regelmäßig Zigtausende Menschen um sich versammelt, er hatte ganze Stadien gefüllt, während die Wahlveranstaltungen seines demokratischen Herausforderers Joe Biden höchstens ein paar hundert Menschen angezogen hatten. Alle Wahlumfragen sagten einen Erdrutschsieg für Donald Trump voraus.

Ron Dahan wusste es besser: Der Mossadchef hatte seinem Premierminister bereits vor Wochen geraten, sich auf einen Präsidenten Biden einzustellen.

»In welcher Größenordnung werden sie fälschen?«

»Zwischen neun und zehn Millionen Stimmen«, antwortete Dahan, ohne auch nur eine Sekunde lang aufzublicken.

»China?«

»Unter anderem.«

Dahan wusste sehr genau, wie die Chinesen die Wahlfälschung geplant und organisiert hatten. Er wusste auch, wie sie sie umgesetzt hatten, aber solange sein Chef keine weiteren Fragen stellte, würde er die Details für sich behalten. Wie immer. Keinen Politiker hatte es zu interessieren, wie seine Behörde an die Informationen gekommen war. Die gesamte Wahlfälschung war vollumfänglich aufgezeichnet worden. Zum richtigen Zeitpunkt würde sie der Weltöffentlichkeit präsentiert werden. Alles war Teil eines größeren Plans. Aber auch das brauchte der Premierminister nicht zu wissen. Jedenfalls im Moment nicht.

Während auf dem Fernsehschirm nichts von den ungeheuren Manipulationen, die Dahan ihm prophezeit hatte, zu sehen war, kehrten die Gedanken des Ministerpräsidenten für einen Moment in die Vergangenheit zurück. Noch vor wenigen Monaten hatte es hier vor seinem privaten Dienstsitz massive Bürgerproteste gegeben. Die Energie und die Kreativität der Menschen hatten ihn verblüfft. Es war wie ein spontanes Festival gewesen, ein Happening und »völlig basisdemokratisch«, wie die linke Presse später geschrieben hatte. Nichts war choreografiert gewesen. Es hatte noch nicht mal eine Bühne mit offiziellen Rednern, Organisatoren oder Mikrofonen gegeben.

Die Hauptstoßrichtung dieser Mobilisierung war die Wut gegen die immer stärker werdende Korruption in Israel. Sie richtete sich in erster Linie gegen den Ministerpräsidenten, einen Mann, der in drei Fällen von Korruption angeklagt und dennoch entschlossen war, an der Macht zu bleiben, auch wenn er vor Gericht stand. In weiten Teilen der Öffentlichkeit herrschte aufgestaute, gerechte Wut. Die Menschen waren wütend auf eine Regierung, die angeblich »nicht auf dem Laufenden« war.

Etwa eine Million Israelis waren arbeitslos. Die Menschen sahen mit Schrecken in die Zukunft. Das war spürbar, und zwar in allen Bereichen. Als er aus dem Fenster geschaut hatte, war sein Blick auf Hunderte von handgefertigten Schildern gefallen, auch auf ein Plakat mit der Aufschrift »Wo sind die Frauen bei der Bewältigung der Krise?« Er hatte handgekritzelte Schilder von Mizrachi und ehemaligen Likud-Wählern gesehen, die von der Korruption und Vernachlässigung der Regierung genervt waren. Er hatte Hebräisch, Arabisch, Amharisch, Russisch, Englisch und Emojis gesehen.

Es gab kein einzelnes Epizentrum für diesen Moment. Es war ein Zusammenschluss von Tausenden Stimmen, die einen Wandel forderten. Es gab zwar eine Reihe von Basisgruppen, die sich auf die Tatsache konzentrierten, dass er der erste amtierende Premierminister war, der während seiner Amtszeit wegen krimineller Vergehen angeklagt wurde, aber was neu war, war das Ausmaß und die Lautstärke des Aufrufs.

Als die Proteste an Umfang und Lautstärke zugenommen hatten, war die Regierung mit Wasserwerfern, Verhaftungen, falschen Anschuldigungen und Aufwiegelung gegen friedliche Demonstranten vorgegangen. Der Premierminister hatte die Proteste der Bevölkerung als »Versuch, im Namen der Demokratie die Demokratie mit Füßen zu treten« bezeichnet. Sein Sohn Yair hatte prominente Anführer der Proteste verleumdet, indem er ihre Privatadressen und Handynummern getwittert hatte und die Israelis, die für die Demokratie eingetreten waren, als »Ausländer« und Schlimmeres bezeichnet.

Der Premierminister und seine Hardliner-Verbündeten hatten erfolglos versucht, die Proteste als fabriziert, nicht authentisch, als Erfindung der aschkenasischen Elite oder als von ausländischen Interessen geschürt darzustellen. Dies wurde jedoch durch die schiere Größe der Demonstrationen, ihre Vielfalt und die Vielfalt der auf Pappschilder gekritzelten Botschaften widerlegt.

Ein Gefühl des nationalen Erwachens war spürbar gewesen, es hatte sogar ein Schild mit der Aufschrift »Erwachen macht süchtig« gegeben. Es hatte etwas in der Luft gelegen, was man als die wesentliche Zutat jeglichen Wandels bezeichnen könnte: die Elektrizität, die mit der Erkenntnis einhergeht, das etwas anderes möglich ist.

Die Demonstrationen hatten den Ministerpräsidenten völlig erschöpft, und man sah ihm das immer noch an.

Um kurz nach acht Uhr machte die blaue Linie, die für den Präsidentschaftskandidaten der Demokratischen Partei, Joe Biden, stand, einen vollkommen unnatürlichen, senkrechten Sprung nach oben und überholte damit den amtierenden Präsidenten. Der Ministerpräsident schlug sich mit beiden Händen auf die Knie: »Unfassbar! Du hattest Recht. Aber das kauft denen doch keiner ab. Der Betrug ist doch viel zu offensichtlich!« Er erhob sich von seinem Lederhocker und ging in die benachbarte Küche. »Jetzt brauche ich erst mal einen starken Kaffee.«

»*Noch* haben sie die Kontrolle über die Informationen«, sagte Dahan.

»Wir nicht?«, rief er aus der Küche.

»Nicht in diesem Ausmaß.«

»Wir brauchen sofort einen Notfallplan.«

»Der existiert bereits«, erwiderte Dahan.

»Möchtest du auch einen Kaffee?«

»Nein, danke. Ich muss ins Büro.«

Während das bittere kolumbianische Gebräu durch den Filter lief, ging der Premierminister zurück ins Wohnzimmer. »Wie konnte es soweit kommen?«

Ron Dahan schaute seinen Chef vieldeutig an. »Die Erklärung ist einfach«, sagte er schließlich.

Und dann schilderte er ihm, was am 20. Januar 2017 passiert war. Wie jeder andere US-Präsident vor ihm, hatte Trump eine Stunde nach seiner Inauguration eine Liste mit Aufgaben erhalten, die er in den kommenden vier Jahren abarbeiten sollte. Er hatte hinter seinem Schreibtisch im Oval Office gesessen, sich die Liste aufmerksam angeschaut und dann jeden einzelnen Arbeitspunkt schriftlich kommentiert: »*Mach ich nicht … Mach ich nicht … Mach ich nicht … Mach ich … Mach ich nicht …*« Schließlich hatte er seinen Namen unter die Liste gesetzt und sie seinem Assistenten zurückgereicht. Damit stand sein Schicksal fest: Ermordung oder Amtsenthebung. Sollte weder das Eine noch das Andere funktionieren, würde man seine Wiederwahl mit allen Mitteln verhindern. Und das war soeben passiert.

»Wenn wir die Wahlfälschung mal herausrechnen«, begann der Ministerpräsident, »wie viel Prozent hat er deiner Meinung nach tatsächlich erhalten?«

»Ungefähr achtzig Prozent.«

Der Premierminister nickte bloß.

Fünf Minuten später nahm der Mossadchef auf dem Rücksitz seines gepanzerten Peugeot Platz. Eskortiert von zwei weiteren schwarzen Limousinen wurde er mit Blaulicht zurück nach Tel Aviv gebracht. Dahan griff nach dem abhörsicheren Telefon in der Mittelkonsole und drückte eine Taste. Sekunden später wies er seine Sekretärin Ziva

Weinthal an, für zehn Uhr eine Konferenz mit seinen Abteilungsleitern anzuberaumen.

***

Tel Aviv – Was er und seine Abteilungsleiter immer befürchtet hatten, würde schon in wenigen Monaten Realität werden. Die neue Biden-Administration würde sofort nach ihrer Machtübernahme im Januar nächsten Jahres zu dem von Donald Trump im Mai 2018 gekündigten Iran-Atomabkommen zurückkehren.

Dahan lehnte eine Rückkehr zu dem Abkommen vehement ab, obwohl er wusste, dass nicht alle in seiner Behörde seine Überzeugung teilten. Die ehemaligen Mossad-Chefs Tamir Pardo, Shabtai Shavit, Danny Yatom, Efraim Halevy und die frühere Leiterin der Iran-Abteilung des Mossad, Sima Shine, kritisierten die Trump-Regierung sogar ganz offen für den Ausstieg aus dem Abkommen, wobei Pardo diesen Akt zusätzlich als »Katastrophe« bezeichnete. Sogar Dahans eigener Stellvertreter hatte die Weisheit des Ausstiegs in Frage gestellt. Und selbst wenn viele der derzeitigen Mossad-Abteilungsleiter, die von Dahan handverlesen waren, sich eher gegen das Abkommen aussprechen würden, so gab es doch viele Mossad-Beamte, die im Stillen glaubten, dass ein Wiedereintritt in das Abkommen die derzeit am wenigsten schlechte Option war.

Tatsächlich war das Verteidigungsestablishment so gespalten wie seit über einem Jahrzehnt nicht mehr, und zwar in allen Institutionen und auf allen Ebenen.

Vor zehn Jahren, als Verteidigungsminister Ehud Barak

und Netanyahu zumindest öffentlich erklärten, dass sie das iranische Atomprogramm innerhalb der nächsten zwei Jahre präventiv angreifen wollten, waren der Mossad und die IDF überwiegend dagegen. Doch mit Dahans Aufstieg zum Chef des Mossad schwenkte der Geheimdienst auf eine eher angriffslustige und gegen das JCPOA (*Joint Comprehensive Plan of Action; Gemeinsamer Umfassender Aktionsplan*) gerichtete Position um, auch ohne Netanyahus Einfluss.

Seit Februar und vor allem seit dem letzten Monat hielt Dahan Teheran mit einer Runde nach der anderen von Operationen auf Trab, die das Atomprogramm und die iranischen Revolutionsgarden zurückwarfen – unabhängig vom Stand der Atomgespräche. Da das Verteidigungsestablishment gespalten war, würde der Ministerpräsident früher oder später allein die schicksalhafte Entscheidung treffen müssen, ob Israel das JCPOA unterstützen, kritisieren oder pulverisieren sollte.

Solange nicht hundertprozentig sicher war, welchen Kurs die durch massive Wahlfälschung zustande gekommene Regierung von Joe Biden in der Iranfrage einschlagen würde, würde sich Netanyahu wahrscheinlich dazu entscheiden, das Angriffsprofil gegenüber dem Iran zu senken, während die großen Luftangriffe und die kleineren verdeckten militärischen Optionen bereit und verfügbar bleiben würden, um bei Bedarf jederzeit eingesetzt werden zu können. Würde es zu keiner Einigung kommen, dann könnte Israels Schattenkrieg mit dem Iran in naher Zukunft weiter eskalieren.

FREITAG, 27. NOVEMBER 2020

Tel Aviv – Die Zahl der einbezogenen und informierten Personen wurde von Anfang an extrem klein gehalten. Der saudische Kronprinz erfuhr davon erst vor vier Tagen, anlässlich eines Geheimtreffens zwischen ihm, Netanyahu und Dahan. Bei dieser Gelegenheit erfuhr er auch, dass die Vorbereitungen bereits im März 2020 begonnen hatten. In der wechselhaften Geschichte des israelischen Auslandsgeheimdienstes sollte es eine der wichtigsten Operationen werden.

Nachdem am 3. Januar 2020 auf Befehl des amerikanischen Präsidenten Irans größter Terrorist, Qasem Soleimani, erfolgreich getötet werden konnte, war im Büro des Ministerpräsidenten die Entscheidung gefallen, den wohl gefährlichsten iranischen Nuklearwissenschaftler ebenfalls vom Spielbrett zu nehmen. Sein Name war Mohsen Fakhrizadeh. Aber im Gegensatz zum Irak, wo der Kommandeur der Quds-Einheit durch eine amerikanische Drohne exekutiert worden war, konnten über dem Iran Drohnen nur mit großem Risiko eingesetzt werden. Das achtköpfige Team, das Aryeh Ben-Zvi, der Chef der Operationsabteilung, persönlich für die Tötung Fakhrizadehs zusammengestellt hatte, ersann schließlich eine

Exekutionsmethode, die noch nie zuvor zum Einsatz gekommen war: Die Tötung mit einem ferngesteuerten, von einer künstlichen Intelligenz betriebenen Scharfschützen-Maschinengewehr.

***

In dem hell erleuchteten Saal mit seinen endlosen Reihen von Computerarbeitsplätzen war für den besten Scharfschützen des Mossad, den dreiundzwanzigjährigen Asael D., eine spezielle Kammer gebaut worden, durch dessen schalldichte Wände nicht das geringste Geräusch dringen konnte. Nichts sollte den Meisterschützen bei der Vollstreckung des Urteils ablenken. Unterdessen lief die normale tägliche Arbeit in der technischen Abteilung weiter. Vor jedem Bildschirm saß ein Techniker, von denen keiner älter als fünfundzwanzig war. Sie alle waren Teil des unsichtbaren Krieges gegen den Terrorismus.

Um 11.23 Uhr (11.53 Uhr Ortszeit Teheran) erhielt das Anschlagsteam die Information, dass die schwarze Limousine mit dem Kennzeichen 77.191T98 in Teheran losgefahren war. Mohsen Fakhrizadeh, Irans oberster militärischer Nuklearwissenschaftler und Vater des iranischen Waffenprogramms, steuerte die Limousine selbst. Seine Frau saß neben ihm. Das Paar war in der Begleitung zweier Fahrzeuge mit bewaffneten Wachleuten. Ein Begleitfahrzeug fuhr voraus, das andere hängte sich hinter die Limousine. Der Tross war im Begriff, nach Absard zu fahren, wo die iranische Elite Zweitwohnsitze und Ferienvillen hatte.

Iranische Agenten, die für den Mossad arbeiteten, hatten einen blauen Nissan Zamyad Pickup am Rande der

Straße geparkt, die die Stadt Absard mit der Hauptverkehrsstraße verbindet. Die Stelle befand sich auf einer leichten Anhöhe mit Blick auf herannahende Fahrzeuge. Auf der Ladefläche des Lastwagens befand sich, versteckt unter Planen und Scheinbaumaterial, ein 7,62-mm-Scharfschützen-Maschinengewehr. Außerdem war der Pickup mit Kameras ausgestattet, die ein vollständiges Bild des Ziels und seiner Umgebung lieferten, sowie mit Sprengstoff, der die Beweise in die Luft jagen und zerstören sollte.

Das Kommando, das für diese Inszenierung verantwortlich gewesen war, hatte den Iran längst verlassen. Ab jetzt hing alles von dem Scharfschützen ab, der im 1.600 Kilometer entfernten Tel Aviv geduldig auf den richtigen Moment wartete. Bei der Waffe handelte es sich um ein Spezialmodell eines in Belgien hergestellten FN MAG-Maschinengewehrs, das mit einem fortschrittlichen Robotergerät verbunden war. Es war über mehrere Monate in kleinen Teilen ins Land geschmuggelt worden, da alle Komponenten zusammen etwa eine Tonne wogen. Die Waffe war mit künstlicher Intelligenz und mehreren Kameras ausgestattet, wurde über einen Satelliten gesteuert und konnte 600 Schuss pro Minute abfeuern.

In den vergangenen Jahren hatte der Mossad mehrere Pläne entwickelt, Fakhrizadeh auszuschalten, aber wegen zu vieler Unwägbarkeiten waren sie alle wieder verworfen worden. Die Entscheidung für einen Fernangriff mit einem Roboter-Maschinengewehr hatte Aryeh Ben-Zvi persönlich getroffen.

Die KI wurde programmiert, um die Verzögerung von 1,6 Sekunden zwischen dem Eintreffen der Kamerabilder beim Scharfschützen und dem Eintreffen der Antwort des Scharfschützen am Maschinengewehr auszugleichen.

In der Nähe des blauen Pickups befand sich ein weiteres, mit einer Kamera ausgestattetes Fahrzeug, das auf einem Wagenheber stand und dem ein Rad fehlte.

Um 14.56 Uhr (15.26 Uhr Ortszeit Teheran) feuerte Asael mehrere Kugeln ab, die die Vorderseite des Wagens unterhalb der Windschutzscheibe trafen. Nachdem er das Gewehr neu eingestellt hatte, feuerte er drei weitere Male und traf Fakhrizadeh schließlich an der Schulter.

Anstatt sich zu ducken, riss Fakhrizadeh völlig verwirrt die Wagentür auf und sprang aus dem Auto. Er wurde drei weitere Male beschossen. Als sein Körper tot auf den Asphalt fiel, fehlte von seinem Kopf die ganze linke Hälfte. Fotos, die später im Internet auftauchten und seinen eingesargten Leichnam zeigten, waren zuvor einer fundamentalen Bildbearbeitung unterzogen worden.

Aryeh Ben-Zvi, der Chef der Operationsabteilung, und drei weitere hohe Beamten hatten im Büro des Generaldirektors die ganze Operation auf einem riesigen Plasmabildschirm verfolgt. Die Anspannung, die ihnen ins Gesicht geschrieben stand, löste sich auf.

»Jemand soll Asael holen«, sagte Dahan zu den Umstehenden. »Er soll mit uns anstoßen.«

»Ich gehe selbst«, erwiderte Ben-Zvi. »Dann kann ich unterwegs noch eine rauchen.« Im Büro des *memuneh* herrschte nämlich absolutes Rauchverbot.

Als er zehn Minuten später in Begleitung des jungen Scharfschützen zurückkehrte, waren die Champagnergläser bereits gefüllt und auf dem Konferenztisch befand sich ein Silbertablett mit Cocktail-Kanapees.

»Na, wie war ich, Sir?«, fragte Asael etwas forsch, als Dahan ihm lächelnd die Hand reichte, um ihm zu gratulieren. Die hellblauen Augen des jungen Mannes strahlten. Nicht nur wegen des großen Kunststücks, das er soeben vollbracht hatte, sondern weil er zum ersten Mal in seinem Leben das eigentliche Cockpit der Macht betreten hatte.

»Gar nicht schlecht«, sagte Dahan. »Als die ersten Kugeln nur den Kühler trafen, war ich ehrlich gesagt etwas besorgt, aber du hast die Situation dann doch exzellent gemeistert.«

»Vielen Dank, Sir. Ich fühle mich sehr geehrt.«

Dahan lächelte bloß. Dann wies er mit der Hand auf die Kanapees: »Meine Herren, darf ich bitten?«

***

Der Sprengstoff, der zur Zerstörung der Beweise für das ferngesteuerte Maschinengewehr verwendet wurde, versagte teilweise, so dass genügend Teile intakt blieben. Im Gegensatz zu den späteren Behauptungen der Medien war dieses partielle Versagen aber vom Mossad beabsichtigt, denn so konnten die Iraner herausfinden, was tatsächlich passiert war.

Wie sich später herausstellte, war Fakhrizadehs Tod für das iranische Streben nach einer Atombombe ein ebenso großer Rückschlag wie die Zerstörung der Atomanlage in Natanz im Juli 2020.

Die *Jerusalem Post* berichtete später, dass ein der Öffentlichkeit unbekannter Mann namens »Farhi«

Fakhrizadeh ersetzt habe, auch wenn alle Experten des Mossad sagten, dass Fakhrizadeh nicht vollständig ersetzt werden konnte. Im Gegenteil: Die Operation vom 27. November hatte das iranische Atomprogramm für mehrere Monate ins Chaos gestürzt. Und selbst wenn es dem Iran gelänge, seine Urananreicherung auf 90 Prozent zu erhöhen, also auf waffenfähiges Niveau, dann müsste er trotzdem noch viele weitere Komponenten zusammenstellen, ehe es zu einer Atomwaffenfähigkeit kommen könnte. Dazu gehörten zum Beispiel Aufgaben im Zusammenhang mit der Zündung und dem Einsatz von Raketen. Fakhrizadeh hätte bei diesen Aufgaben mit Sicherheit geglänzt. Aber jetzt waren die Ayatollahs erst mal ausgebremst.

Sehr aufschlussreich waren auch die Reaktionen Teherans auf die Ermordung ihres brillanten Atomwissenschaftlers. Verglichen mit Teherans damaliger Reaktion auf die Ermordung Qasem Soleimanis waren sie geradezu verhalten. »Die Tötung aller amerikanischen Staatsoberhäupter wird nicht ausreichen, um den Tod von General Qasem Soleimani zu rächen«, hatte ein General der iranischen Revolutionsgarde damals gesagt. Soleimani war während eines Besuchs im Irak vom US-Militär getötet worden. Wochenlang hatte der Iran »vernichtende Rache« geschworen an allen, die für seine Ermordung verantwortlich waren. »Auch wenn alle amerikanischen Führer getötet werden, wird dies das Blut von Soleimani nicht rächen. Wir müssen Soleimanis Weg folgen und ihn mit anderen Methoden rächen«, hatte Mohammad Pakpour, der Kommandeur der Bodentruppen der Revolutionsgarden, damals gesagt. Soleimani war der mächtigste militärische

Befehlshaber des Irans gewesen. Er hatte Teherans Operationen im gesamten Nahen Osten geleitet. Am 3. Januar 2020 war er auf dem Flughafen von Bagdad bei einem vom Donald Trump angeordneten Angriff getötet worden.

JUNI 2023

Beirut – Das schlichte Apartment liegt nur fünfhundert Meter vom Hauptquartier der libanesischen Hisbollah entfernt. Die Frau, die es bewohnt, heißt Julia al-Banna. Den Namen Julia nahm sie erst vor drei Jahren bei ihrer Taufe an. Vorher hieß sie Mariam und gehörte der Religionsgemeinschaft der Drusen an. Trotz ihrer vierundvierzig Jahre ist sie sehr attraktiv und wirkt manchmal geradezu jugendlich. Ihre natürliche Haarfarbe ist dunkelbraun, aber manchmal, je nach Laune, färbt sie ihr Haar entweder blond oder rötlich. Die Farbe ihrer Augen ist undefinierbar. Je nach Lichteinfall schimmern sie mal grünlich, mal bräunlich oder wie Bernstein. Julia al-Banna ist sehr schlank, fast mager. Trotz ihrer 1,73 Meter bringt sie zurzeit nur fünfundfünfzig Kilo auf die Waage. Sie ernährt sich gesund, treibt viel Sport und wird manchmal auf höchstens Dreißig geschätzt. Julia ist unverheiratet und kinderlos. Sie stammt aus einem vermögenden Elternhaus, was man ihr trotz ihrer finanziellen Notlage immer noch anmerkt. Bis zu ihrem dreißigsten Geburtstag bestand ihr Leben ausschließlich aus Weltreisen, diversen Drogenexperimenten und ausschweifendem Sex, sowohl mit Männern als auch mit Frauen. Aber diese Zeit ist schon lange vorbei. Vor fünfzehn Jahren ging das Unternehmen ihres Vaters, das zu seiner Blütezeit über 220 Mitarbeiter verfügte, Pleite. Kurz darauf verstarb ihre Mutter. Seitdem wird Julia von ihrem Vater und ihren beiden Brüdern regelmäßig mit relativ kleinen Geldbeträgen unterstützt.

Julia weiß, dass sie noch immer sehr attraktiv ist. Sie würde gern in den Hafen der Ehe einlaufen, aber von den Männern, die sie bisher kennengelernt hat, konnte ihr bis auf eine Ausnahme niemand das Wasser reichen. Ihre Weltläufigkeit, ihre Bildung, ihre Mehrsprachigkeit und ihr ausgeprägter Intellekt schrecken die meisten Männer ab.

Die einzige Ausnahme ist André Chamoun. André ist nicht nur sehr männlich, wie sie findet, sondern kann sich auch immer sehr schnell in ihre stets wechselnde Seelenlage einfühlen, worauf sie großen Wert legt. André Chamoun ist groß, schlank, dominant und einfühlsam, also genau das, worauf eine komplizierte Frau wie Julia steht. Aus ihrer Sicht hat André nur einen einzigen Makel: Obwohl sie sich mit ihm seit drei Monaten regelmäßig in einem kleinen Café im überwiegend christlich geprägten Osten Beiruts trifft, macht er keinerlei Anstalten, sie zu vögeln. *Offensichtlich hat er das auch nicht vor*, schloss Julia, *andernfalls hätte er mich schon längst zu einem Candlelight Dinner eingeladen.* Der Grund, weshalb sie sich immer noch mit André trifft, ist ein anderer.

In der ersten Zeit ihres Kennenlernens war Julia gegenüber André etwas misstrauisch, was in einem multiethnischen und multireligiösen Land wie dem Libanon völlig normal ist. Im Libanon bleibt normalerweise jede Ethnie und jede Religionsgemeinschaft unter sich. Man heiratet auch nicht untereinander. Manche Religionsgemeinschaften kommen miteinander aus, andere nicht.

Das gegenseitige Misstrauen ist allgegenwärtig. Syrien und Israel sind die Nachbarstaaten des Libanon, und man weiß nie, wer gerade für wen arbeitet. Aber zu André, dem maronitischen Christen, fasste Julia, die Ex-Drusin, schnell Zutrauen. »*Ich vertraue dir*«, hatte sie ihm irgendwann gestanden. »*Solange du nicht versuchst, mich in irgendeiner Form zu missionieren, bleibt zwischen uns alles okay.*« »*Warum sollte ich? Wir sind doch beide Christen*«, hatte seine knappe Antwort gelautet.

***

Vor zwei Monaten hatte sie sich ihm gegenüber so weit geöffnet, dass sie ihm etwas über ihre Vergangenheit erzählte. Anlass war Andrés einfache Frage gewesen: »Wird das Drusentum vom Vater oder von der Mutter vererbt?«

»Von beiden«, hatte sie geantwortet. »Drusen dürfen keine Mitglieder anderer Religionsgemeinschaften heiraten, sonst werden sie ausgestoßen, sozusagen exkommuniziert, wie ein Katholik sagen würde. Mein Vater war Druse, als er meine Mutter, eine syrische sunnitische Muslima, heiratete. Meine Familie exkommunizierte die beiden umgehend. Nach meiner Geburt ließ sich mein Vater von ihr scheiden, um seine Familie zurückzuerhalten. Zwei Jahre später, während des Bürgerkriegs, fälschte er Dokumente und ließ mich und meine beiden Brüder als Drusen eintragen. Vorher waren wir nämlich Muslime, weil mein Vater zum Islam konvertieren musste, um meine Mutter heiraten zu können. Meine Mutter starb vor fünfzehn Jahren.«

»Das tut mir leid.«

»Du brauchst erst gar nichts über die Drusen zu recherchieren. Die offiziellen Quellen sind sowieso Bullshit.«

»Wieso?«

»Weil das Drusentum ein geheimer Kult ist. Drusen haben nichts mit dem Islam zu tun. Im Gegenteil, sie hassen die Muslime. Drusen swingen mit jedem, der gerade an der Macht ist. Sind die Muslime an der Macht, swingen sie mit den Muslimen. Sind die Christen an der Macht, swingen sie mit den Christen. Wenn sie in Israel leben, wo die Juden das Sagen haben, sagen sie, wir sind keine Muslime, unsere DNA ähnelt der euren. Drusen sind Schlangen. Sie halten sich grundsätzlich in der Nähe derjenigen auf, die gerade an der Macht sind. Das Drusentum ist eine heidnische Religion, und das Pentagramm ist das Symbol dieser Religion. Es verschafft seinen Anhängern Hexenkraft. Drusen hassen es deshalb, wenn auch andere Religionen die Hexenkraft anwenden. Nur Drusen dürfen Hexenkraft nutzen. Sie sagen, dass sie Monotheisten sind. In Wirklichkeit rufen sie alle möglichen Geister an. Ihre ganze beschissene Religion ist in mehreren geheimen Büchern zusammengefasst. Da ich ein Halbblut bin, darf ich diese Bücher natürlich nicht lesen. Halbblüter dürfen ihre geheimen Bücher noch nicht einmal anfassen. Aber vor vielen Jahren habe ich eins dieser Bücher aus dem Nachttisch meiner Großmutter entwendet und fotokopiert. Danach habe ich das Buch wieder zurückgebracht und vollständig von der ersten bis zur letzten Seite gelesen. Schon auf der ersten Seite bringen sie ihren Hass auf Juden, Christen und Muslime zum Ausdruck. Sie hassen alles, was nicht drusisch ist. Drusentum ist eindeutig keine göttliche Offenbarung, sondern Menschenwerk. Ihre

Weisen und Propheten sind Aristoteles und Plato. Sie nennen sie ihre griechischen Meister. Sie glauben auch an Reinkarnation wie die Hindus. Drusentum ist keine Religion, sondern ein verfickter Kult. Drusen hassen die muslimischen Araber mehr als sie Juden und Christen hassen, weil die Muslime die Drusen immer nur unterdrückt haben. Der Islam hat jeden unterdrückt, der nicht nach seiner Pfeife tanzen wollte. Deshalb sind Drusen und Juden relativ gute Freunde. Auch wenn sich die beiden Religionen grundsätzlich unterscheiden, haben sie doch einen gemeinsamen Feind. Drusen und Juden haben auch ein ähnliches Weltbild. Die Juden halten sich für das auserwählte Volk. Das tun die Drusen auch. Drusen glauben auch, dass die ganze Welt den Drusen dienen muss. Je tiefer du in die Glaubensvorstellungen der Drusen eintauchst, desto mehr wirst du herausfinden, dass sie von jeder Religion ein Stückchen geklaut haben, also nicht nur von den heidnischen Griechen, sondern auch von den Muslimen, den Christen und den Juden. Herausgekommen ist ein großer Haufen Müll …«

»Kann man zum Drusentum konvertieren?«

»Nein, es ist eine Blutlinie.«

***

Je öfter sich Julia und André trafen, desto mehr öffnete sie sich ihm. André hatte schließlich das Gefühl, fast alles über sie zu wissen. Sie erzählte ihm unter anderem, dass sie Syrer und Türken hasste, »weil sie unserer libanesischen Mentalität diametral entgegenstehen.« Aber mehr noch als Syrer und Türken hasste sie die schiitische Hisbollah, was André aufmerksam registrierte.

»Und wieso lebst du dann in einem Apartment in Süd-beirut, der Hochburg der Hisbollah? Und dann auch noch nur fünfhundert Meter vom Hisbollah-Hauptquartier ent-fernt?«, hatte er sie gefragt.

»Ganz einfach: Weil es preiswert ist. Beirut ist voll von Terroristen, aber mir tun sie nichts, weil ich mich anpasse. Außerdem kann ich in jede beliebige Rolle schlüpfen. Wenn ich zu Hause bin, trage ich Jeans oder Kleider, aber sobald ich auf die Straße gehe, zusätzlich den Hijab. Ich heiße dann auch nicht Julia, sondern Mariam. Und dann bin ich Schiitin.«

»Du kannst in jede beliebige Rolle schlüpfen?«

»Natürlich. Im Nahen Osten definiert sich jeder über seine Religion. Ich habe die wichtigsten Religionen studiert, ich spreche fließend Arabisch und Hebräisch. Durch meine Mutter kenne ich den sunnitischen Islam in- und aus-wendig, und durch meine Freunde die schiitische Richtung. Eine Zeitlang fühlte ich mich sogar mit dem Judentum ver-bunden. Die Torah habe ich intensiv studiert. Monatelang. Sogar den Talmud. Ich wollte damals auch konvertieren, aber mein Rabbi schickte mich immer wieder nach Hause. Bis zu meinem dreißigsten Lebensjahr bereiste ich die ganze Welt. Ein Jahr lang habe ich in Russland gelebt. Russisch habe ich schnell gelernt, und die russische Mimik, die rus-sische Art zu sprechen, kann ich perfekt imitieren.«

»Ich gebe zu, du überraschst mich jedes Mal aufs Neue.«

»Vielleicht ist das meine Absicht.«

»Aber jetzt bist du endlich im Christentum an-gekommen.«

Sie zögerte mit der Antwort. »Du willst die Wahrheit wissen?«

»Bitte!«

»Ich *hasse* alle abrahamitischen Religionen.«

Andrés Gesichtsausdruck zeigte keinerlei Reaktion. Stattdessen zündete er sich ruhig eine Zigarette an, nahm einen tiefen Zug und blies den Rauch dann gelangweilt zur Seite.

»Ist dein Apartment gemietet oder gekauft?«, fragte er schließlich.

»Gemietet.«

»Wer ist der Eigentümer?«

»Die Hisbollah.«

»Und es gab keine Schwierigkeiten, als du für den Mietvertrag deinen Ausweis vorlegen musstest?«

»Wieso?«

»Dein Ausweis enthält doch bestimmt deine Religionszugehörigkeit. Du bist Christin.«

Julia lachte laut auf. »Als wenn die Hisbollah das interessieren würde.«

***

Obwohl sie sich schon viele Male in verschiedenen Cafés im Osten Beiruts getroffen hatten, war Julia vor jedem Treffen aufgeregt. André hatte alles, wovon jede Frau träumte. Er hatte Stil und Status und Geld. Er war Geschäftsmann, erfolgreicher Geschäftsmann, aber was er genau machte, wusste sie nicht. Sie wusste nur, dass er häufig zwischen dem Libanon und Jordanien hin- und herreiste. Sie hatte sich mittlerweile auch damit abgefunden, dass sie nur eine rein geschäftliche Beziehung unterhielten, weil er statt Sex Informationen von ihr verlangte. Julia erzählte ihm jedes

Mal, was sie von verschiedenen Quellen aus dem Umfeld der Hisbollah an Neuigkeiten erfahren hatte, und André schob ihr dann jedes Mal diskret einen Umschlag über den Tisch. Es befanden sich zwar immer nur ein paar hundert Dollar in dem Umschlag, aber Julia konnte das Geld gut gebrauchen.

Heute hielt sich Julia für besonders attraktiv. Sie schlang ihren Hijab um den Kopf, warf einen letzten Blick in den goldgefassten großen Spiegel in der Diele und verließ ihr Apartment.

Nachdem sie die Tür sorgfältig hinter sich geschlossen hatte, stieg sie in den Fahrstuhl, drückte den Knopf fürs Erdgeschoss und fuhr sieben Stockwerke nach unten.

André hatte ihr als Treffpunkt das *Kababji* vorgeschlagen. Das Café-Restaurant lag im Westen Beiruts, in unmittelbarer Nähe des Hafens.

Seit der großen Explosion vom 4. August 2020, die die ganze Stadt katastrophal getroffen hatte, hatte Julia diese Gegend nicht mehr betreten. Ursache für die Explosion war angeblich ein durch Schweißarbeiten entstandenes Feuer in einem Lagerraum, in dem Feuerwerkskörper lagerten, deren Explosion wiederum daneben gelagerte 2750 Tonnen Ammoniumnitrat zur Explosion gebracht hatten. Die Explosion hatte weite Teile des Hafens zerstört und Schäden in großen Teilen der Stadt angerichtet. Offiziell waren damals mindestens 207 Menschen getötet und mehr als 6500 verletzt worden. Die Einheimischen wussten es allerdings besser. Die wahre Anzahl der Toten war deutlich höher. Es hatte auch unzählige Ohrenzeugen gegeben, die kurz vor der Explosion Flugzeuggeräusche über dem Explosionsort gehört hatten. Aber niemand wusste zu sagen, ob es sich tatsächlich um ein Flugzeug oder um eine Drohne gehandelt hatte. Man wusste nur, dass drei Viertel des Explosionsdrucks aufs offene Meer entwichen waren. Andernfalls wären weite Teile Beiruts dem Erdboden gleichgemacht worden. Infolge der Explosionskatastrophe war es zu erneuten Massenprotesten gegen die korrupte libanesische Regierung gekommen, die von den Demonstranten für die wirtschaftliche und politische Krise im Land verantwortlich gemacht wurde. Sechs Tage nach der Explosion trat die Regierung unter Premierminister Hassan Diab zurück. Die breite Öffentlichkeit erfuhr nie etwas über die Auftraggeber dieses Terroranschlags. Die libanesischen Muslime gaben wie immer Israel die Schuld, die libanesischen Christen sagten, es war die Hisbollah.

Der Bus, der sie in den Westen Beiruts bringen würde, hielt direkt vor dem Portal ihres Wohnblocks. Beim Einsteigen spürte sie die bewundernde Blicke der Männer. Das tat ihr gut.

Nach fünfundvierzig Minuten hatte sie ihr Ziel erreicht. Sie verließ den Bus. Die zweihundert Meter zum vereinbarten Treffpunkt ging sie zu Fuß.

André saß rauchend im Freien unter einem großen Sonnenschirm, um sich vor dem grellen nahöstlichen Sonnenschein zu schützen. Julia näherte sich ihm von hinten. Als sie direkt hinter ihm stand, um ihn zu necken, indem sie ihm mit beiden Händen die Augen zuhielt, drehte er sich um, erhob sich und küsste sie zur Begrüßung auf beide Wangen. Er trug einen anthrazitgrauen Anzug und ein weißes Oberhemd ohne Krawatte. Sein kurz geschnittenes schwarzes Haar war an den Schläfen grau meliert. Seine Augen leuchteten unnatürlich grün.

Julia nahm ihm gegenüber Platz. Sie strahlte, während sie ihren Hijab etwas zurechtrückte. »Diesmal habe ich dir etwas Besonderes mitgebracht«, flüsterte sie.

»Ich bin gespannt.«

Als die Bedienung an ihren Tisch trat, um nach ihren Wünschen zu fragen, bestellte sie etwas Gebäck, einen Café crème und einen Espresso. Dann schob sie André einen Stick über den Tisch. »Gesprächsmitschnitt.«

»Gespräch zwischen wem?«

Julia zuckte die Schultern. »Nasrallahs Stimme habe ich sofort erkannt. Wer der andere Mann ist, weiß ich nicht.«

André nahm den Stick entgegen. »Entschuldige mich einen Moment.« Er stand auf und begab sich ins Innere des Restaurants.

An einem der hinteren Tische saß eine gutgewachsene sechsundzwanzigjährige Blondine hinter ihrem Laptop und arbeitete konzentriert an einer Excel-Tabelle. Ihr offizieller Name war Geraldine Hall. Gemäß der maßgeschneiderten Legende, die ihr der Mossad verpasst hatte, war sie die karrierebewusste Abteilungsleiterin in der Beiruter Niederlassung eines amerikanischen Pharmakonzerns.

André legte den Stick unauffällig neben ihre Kaffeetasse. »Geht sofort ans Büro.«

Der Klarname der Blondine lautete Ronit Halon. Sie war die Tochter des legendären *katsas* Avi Halon.

Ronit hatte Political Science an der Yale Universität in New Haven, Connecticut, studiert. Aber als waschechte *tzabar*, also als eine in Eretz Israel geborene Jüdin, hatte sie das extrem linke und zunehmend antisemitische Klima an der Universität irgendwann nicht mehr ausgehalten und war in die Heimat zurückgekehrt. Zwei Jahre lang hatte sie in der nachrichtendienstlichen Abteilung des Militärs gearbeitet, dann hatte sie sich beim Mossad beworben. Seit drei Monaten arbeitete sie für den israelischen Auslandsgeheimdienst. Ihre Tätigkeit hier in Beirut war eine Art Probezeit. Eine feste Anstellung beim Mossad hatte sie noch nicht. Ihre einzige Aufgabe bestand momentan darin, auf die Sicherheit ihres Führungsoffiziers zu achten, wenn er sich mit verschiedenen Agenten an verschiedenen Orten traf. Von ihrem Platz aus hatte sie den Tisch, an dem Julia und André saßen, fest im Blick. Ronit steckte den Stick unverzüglich in den Port ihres Laptops und schickte die Daten stark verschlüsselt an die für solche Fälle vorgeschrieben Adresse.

André kehrte zu Julia zurück.

Eine Limousine mit getönten Scheiben rollte langsam von hinten heran. Julia erblickte die Limousine und hatte sofort ein ungutes Gefühl. Als sich die hintere Wagenscheibe einen Spaltbreit senkte und sie den Schalldämpfer erblickte, war es für die Warnung zu spät. Die Waffe machte nur ein sanftes *plopp*, unhörbar im Beiruter Straßenverkehr. Das Projektil traf Ohad Iluz, das war André Chamouns Klarname, direkt in den Hinterkopf. Der Körper des *katsas* fiel tot zu Boden.

Ronit sprang so schnell hinter ihrem Tisch hervor, dass sie ihren Kaffee verschüttete. Sie spurtete nach draußen auf die Straße. Die Limousine hatte sich schon relativ weit entfernt. Ronit blickte ihr nach. Auf ihrem rechten Auge trug sie eine spezielle Kontaktlinse, die allerneueste Innovation des israelischen Unternehmens *Libertad*. Als sie das Nummernschild der Limousine heranzoomte, meldete das hochkomplexe System innerhalb der Linse innerhalb weniger Sekunden auf ihrer Netzhaut den Eigentümer der Limousine. Das System war mit einer künstlichen Intelligenz am King Shaul Boulevard verbunden, dessen Datenbank nicht nur über Millionen von gespeicherten Gesichtern verfügte, sondern auch über unzählige andere Daten.

Ronit schaute zu dem Tisch hinüber, an dem noch vor wenigen Sekunden ihr Führungsoffizier Ohad Iluz gesessen hatte. Jetzt lag seine Leiche zusammengekrümmt in einer Blutlache auf dem Boden. Julia al-Banna war verschwunden.

Ronit setzte ein Notsignal ab, das dem Büro ihre GPS-Daten verschlüsselt übermittelte. Dann ging sie zurück an ihren Tisch, schnappte sich ihr Laptop und verschwand im Beiruter Verkehr. Ihren Kaffee hatte sie, wie es eine wichtige Regel des Mossad vorschrieb, im Voraus bezahlt.

***

Tel Aviv – Nahm man den Iran von vor anderthalb Jahren und verglich ihn mit heute, so hatte sich seine Situation einfach um 180 Grad verändert, sowohl in wirtschaftlicher als auch in diplomatischer und sicherheitspolitischer Hinsicht. In weniger als einem Jahr war der Iran in der Lage, Abkommen mit fast zehn Ländern in Asien zu unterzeichnen, weitreichende Abkommen im wirtschaftlichen und militärischen Bereich. Vor etwa einem Jahr begann der Iran, sich praktisch mit Vertretern von Ländern in Afrika zu treffen, und aktuell galt er als technologische und militärische Macht, die eine Vielzahl von Lösungen für eine breite Palette von Problemen anbieten konnte, angefangen bei der Landwirtschaft, dem Erdöl, der Produktion und Entwicklung und natürlich als Sahnehäubchen den militärischen Teil. Der Iran war an Geld interessiert, und zwar an sehr viel Geld. Der Mossad war sich vollkommen im Klaren darüber, dass diese Abkommen den Iranern jährlich Dutzende und später Hunderte von Milliarden Dollar einbringen würden. Der Abbruch der Atomgespräche vor einem Jahr und der Krieg in der Ukraine hatten dem Iran Auftrieb gegeben, und er hatte diesen Schwung voll ausgenutzt.

Am 1. Juni gab das israelische Außenministerium die folgende Erklärung ab: »Die Einstellung des Falles Marivan durch die Internationale Atomenergiebehörde ist sehr beunruhigend. Die Erklärungen, die der Iran für das Vorhandensein von Nuklearmaterial an diesem Ort gegeben hat, sind weder zuverlässig noch technisch möglich. Der Iran belügt die Internationale Atomenergie-Organisation weiterhin und täuscht die internationale Gemeinschaft. Die Kapitulation des Generaldirektors der Internationalen Atomenergie-Organisation vor dem politischen Druck des Irans ist sehr enttäuschend, vor allem weil die Informationen in der Akte implizit auf zwei Seiten eklatante iranische Verstöße gegen die Inspektionsvereinbarungen erkennen lassen. Die Einstellung des Verfahrens könnte äußerst gefährliche Folgen haben und den Iranern signalisieren, dass sie für ihre Verstöße keinen Preis zahlen müssen und die internationale Gemeinschaft auf ihrem Weg zu einem vollständigen militärischen Atomprogramm weiterhin täuschen können. Darüber hinaus wird die Glaubwürdigkeit der Internationalen Atomenergie-Organisation durch eine solche Einstellung des Verfahrens schwer beschädigt.«

Hinzu kam die Tatsache, dass die Biden-Administration alles tat, um Israel zu schädigen. Ein hoher israelischer Beamter sagte dazu: »Die Amerikaner streben ein Abkommen an, wonach Israel einem Atomabkommen mit den Iranern zustimmt und im Gegenzug ein Friedensabkommen mit den Saudis erhält. Dem werden wir nicht zustimmen, denn wir spielen nicht mit der Sicherheit Israels.«

Die zweiwöchige Militärübung »Feste Hand«, die die israelischen Streitkräfte gerade mit zahlreichen simulierten Angriffen auf iranische Atomanlagen durchführten, kommentierte der Premierminister mit den Worten: »Wir arbeiten rund um die Uhr, um die Sicherheitsüberlegenheit des Staates Israel zu schützen. Bei dieser Übung, die einen sehr groß angelegten Angriff simuliert, haben die IDF einschließlich der Luftwaffe bewiesen, dass unsere Möglichkeiten unbegrenzt sind.« Und wenige Tage später sagte er: »Die Realität in unserer Region ändert sich sehr schnell, wir werden unsere Wachsamkeit nicht vernachlässigen. Wir sind entschlossen, gegen das iranische Atomprogramm, gegen die Raketenangriffe und gegen die Konvergenz mehrerer Arenen vorzugehen. Wir nennen das eine Multi-Arena-Kampagne. Wir sind sicher und zuversichtlich, dass wir jeder Bedrohung aus eigner Kraft und auch mit anderen Mitteln begegnen können.«

Angesichts der dramatischen Entwicklung operativer Systeme in der gesamten Region, zeigte sich das israelische Verteidigungsestablishment einig wie nie. Teheran verfügte inzwischen über präzise Marschflugkörper, Boden-Boden-Raketen, unbemannte Luftfahrzeuge und Mittelstreckenraketen mit einer Reichweite von 1.100

Kilometern. »Die Anzahl an strategischen Waffen in den Händen iranischer Militärs hat im vergangenen Jahr deutlich zugenommen«, erklärte der Verteidigungsminister. »Das große Ziel des Irans ist für jeden, der die Augen aufmacht, glasklar: Der Iran will die Region dominieren – und das unter einem nuklearen Schutzschirm.«

In Wirklichkeit war alles noch viel schlimmer. Die Hisbollah im Südlibanon mit ihren 300.000 Raketen hatte nämlich im Sommer 2019 einen Ableger in der syrisch-israelischen Grenzregion gebildet. Der Name dieser Eliteeinheit lautete *Milath al-Golan* (Golan-Akte). Die Golan-Akte plante Angriffe nicht nur gegen Israel, sondern auch gegen US-Streitkräfte in Syrien. Das Ziel war die Bildung eines Brückenkopfs auf der syrischen Seite, um anschließend das zu kopieren, was die Hisbollah im Südlibanon tat. Im Fokus der Golan-Akte befanden sich in erster Linie die neunhundert amerikanischen Soldaten. Die Amerikaner sollten vollständig aus dem Nahen Osten vertrieben werden. Aktuell befanden sich zwar noch neunhundert amerikanische Soldaten in Syrien und zweitausend im Irak, aber der Mossad hatte keinen Zweifel daran, dass es nur noch eine Frage der Zeit war, bis der ganze Nahe Osten US-frei war. Die Beweise, dass die aktuelle Biden-Administration vollständig von China infiltriert war, waren einfach niederschmetternd. Vom Iran gesteuerte Kräfte hatten in den letzten zweieinhalb Jahren achtzig Angriffe auf amerikanische Einheiten ausgeführt. Und wie oft hatten die Amerikaner darauf reagiert? Genau drei Mal.

Die ganze Welt sah die Schwäche der USA, was natürlich das Hauptinteresse des Iran, Russlands und Chinas war. Israel würde, ohne dass ihm jemand zur Seite stehen würde, in einen Mehrfrontenkrieg verwickelt werden. In Israel nannte man das, was sich von Tag zu Tag deutlicher am Horizont abzeichnete, den unvermeidbaren »großen Nordkrieg«.

Dass die USA vollständig von der Kommunistischen Partei Chinas infiltriert waren, konnte man an Abertausenden von Fakten festmachen. Anfang Juni gaben die Vereinigten Arabischen Emirate bekannt, dass sie aus der von den USA angeführten Marinekoalition im Arabischen Meer aussteigen würden. Kurz darauf stellte sich heraus, dass der Iran, Saudi-Arabien, die Vereinigten Arabischen Emirate und Oman ein Militärbündnis unter der Führung von China gebildet hatten.

**

Die KI, die ohne Pause im Hintergrund arbeitete, brauchte weniger als eine hundertstel Sekunde, um aus dem gigantischen Datenschatz des Mossad die beiden relevanten Stimmabdrucke, die ihr soeben aus Beirut zugemailt worden waren, sicher zu identifizieren: Scheich Hassan Nasrallah, Generalsekretär der Hisbollah, und Assadollah Afkhami, Brigadegeneral der iranischen Revolutionsgarde. Es gab noch einen dritten Stimmabdruck, der dem Dolmetscher gehörte. Dessen Identität blieb aber vorerst ungeklärt. Nasrallahs libanesische Dolmetscher waren dem Mossad namentlich bekannt, aber dieser hier mit seinem eleganten und akzentfreien Farsi war mit höchster Wahrscheinlichkeit Iraner.

Die KI hatte die achtzehnminütige Unterredung in dem abhörsicheren Raum automatisch ins Hebräische übersetzt. Das Ergebnis wurde der sechsundzwanzig-jährigen Technikerin Nirit Sharon umgehend auf ihrem Bildschirm präsentiert.

Nirit drückte eine Taste, um Aryeh Ben-Zvi, den Chef der Operationsabteilung, zu informieren.

Zehava Landsman, Ben-Zvis langjährige Sekretärin, nahm den Anruf entgegen. *»Worum geht's, Nirit?«*

»Es geht um den Mitschnitt eines Gesprächs, das wahrscheinlich in einem von Nasrallahs Bunkern stattfand.«

»Der Chef telefoniert … Ah, ich sehe gerade, dass er frei ist. Einen Moment, ich stelle dich zu ihm durch.«

Der Chef der Operationsabteilung meldete sich. »*Ja?«*

»Ronit Halon, Avis Tochter, hat mir gerade einen wichtigen Gesprächsmitschnitt aus einem von Nasrallahs Bunkern zugeleitet.«

»Gespräch zwischen wem?«

»Zwischen Hassan Nasrallah und einem Brigadegeneral der iranischen Revolutionsgarde. Sein Name lautet Assadollah Afkhami. Den transkribierten Text habe ich Ihnen bereits zugemailt.«

»Danke.«

Ben-Zvi wollte gerade anfangen zu lesen, als ihn Ronits Notsignal erreichte.

***

Ron Dahan, der Generaldirektor der Mossad, saß zusammen mit drei Abteilungsdirektoren am großen ovalen Tisch im Konferenzraum 317A im dritten Stock.

»Wir haben uns lange auf diese Situation vorbereitet«, sagte er. »Die Kontrolle über die USA liegt jetzt vollständig bei den Chinesen. Die USA sind weder bereit, einen Krieg um Taiwan noch um Israel zu führen.«

Dahan hatte diese Worte kaum ausgesprochen, als sich die Tür öffnete und Ben-Zvi hereinstürzte.

Dahan blickte unbewegt in seine Richtung. »Was gibt's?«

»Schlechte Nachrichten aus Beirut.«

Dahan hörte mit ausdrucksloser Mine zu, was Ben-Zvi ihm zu berichten hatte. »Hast du schon mit Ronit gesprochen?«, fragte er schließlich.

»Nein, außer ihrem Notsignal und ihren GPS-Daten haben wir nichts. Zwei unserer Leute kümmern sich gerade darum. Sie selbst ist nicht zu erreichen.«

»Und Ohad?«

»Ebenfalls nicht erreichbar.«

»Also wissen wir gar nicht, wer das Gespräch aufgenommen hat.«

»Nein. Und *wann* das Gespräch stattgefunden hat, wissen wir ebenfalls nicht«, sagte Ben-Zvi.

Dahan erhob sich. »Die Sitzung ist beendet, meine Herren.« Und an Ben-Zvi gewandt: »Schick mir das Transskript. Ich möchte es selbst lesen.«

»Okay.«

»Und noch was«, sagte er beim Hinausgehen. »Ich will wissen, wann General Afkhami in Beirut gelandet ist und wo er sich gerade aufhält.«

***

Beirut – Ronit hatte auf dem Weg zur sicheren Wohnung mehrmals das Taxi gewechselt. Als sie sich sicher war, dass sie nicht verfolgt wurde, bat sie den Taxifahrer, sie an der syrisch-maronitischen St-Georgs-Kathedrale abzusetzen. Sie entrichtete den Fahrpreis, stieg aus und ging die restlichen hundert Meter zu Fuß.

Sie wusste natürlich, dass Beirut eine Spielwiese des Mossad war und dass sich hier viele israelische Agenten tummelten. Aber ihr Führungsoffizier Ohad Iluz hatte ihr strikt untersagt, zu den anderen Agenten Kontakt aufzunehmen. Ihr einziger Kontakt würde er selbst bleiben. Allerdings war er jetzt tot. Deshalb hatte sie das Notsignal abgesetzt. Irgendjemand würde sich jetzt um Ohads Leiche kümmern müssen.

Beirut war natürlich nicht nur eine Spielwiese des Mossad. *Alle* wichtigen Dienste waren hier aktiv. Der iranische Geheimdienst war hier, die CIA war hier und viele andere Dienste auch.

Das viergeschossige Gebäude, in dem sich die sichere Wohnung befand, lag in einem gediegenen alten Viertel in unmittelbarer Nähe der Kathedrale. Es war ein kleines Juwel, eine architektonische Schönheit im französisch-arabischen Stil.

Am Ziel angekommen, kramte Ronit ihren Schlüssel aus der Tasche und schloss die Haustür auf. Im Foyer wartete sie die drei Sekunden ab, die die Haustür benötigte, um wieder ins Schloss zu fallen. Dann hastete sie die Treppe zum dritten Stock hinauf, wo sich die sichere Wohnung befand. Sie drückte ihr Ohr ans Holz. Im Innern der Wohnung war es still. Sie fischte ein kleines ovales Gerät aus ihrer Jeans und presste es kurz gegen die gepanzerte Tür. Das grün blinkende Signallämpchen zeigte an, dass das elektronische Sicherheitssystem aktiviert war und dass sich während ihrer Abwesenheit niemand in der Wohnung aufgehalten hatte. Sie drückte einen Knopf, wodurch das Sicherheitssystem teilweise deaktiviert wurde. Die Tür sprang geräuschlos auf. Sie trat ein. Die Tür verriegelte sich hinter ihr automatisch.

Nachdem sie ihre Laptop-Tasche in der Diele abgestellt hatte, machte sie Licht im Badezimmer und riss sich die blonde Perücke vom Kopf. Zum Vorschein kam eine sehr attraktive Frau mit dunkelbraunem welligen Haar, warmen braunen Augen und feinen Gesichtszügen.

Im Wohnzimmer ließ sie sich in einen Sessel fallen. Auf dem niedrigen Tischchen vor ihr lag die Fernbedienung. Sie drückte einen Knopf. Aus der Unterhaltungskonsole stieg der große Plasmabildschirm auf, über den die Hauptkommunikation mit dem Büro lief. Über ein ausgeklügeltes Burst System, das sowohl ein Abhören des Gesprächs als auch die Lokalisierung des Standorts unmöglich machte, versuchte Ronit Kontakt mit der Zentrale in Tel Aviv aufzunehmen.

Es gab feste Regeln, wie die Kommunikation zwischen einem sicheren Haus, einer sicheren Wohnung und der Zentrale zu erfolgen hatte. Noch vor wenigen Jahren waren diese Regeln in einem Handbuch festgeschrieben, das jeder Agent auswendig lernen musste. Aber nachdem der *memuneh* entschieden hatte, die am King Shaul Boulevard eingesetzte KI nicht mehr ausschließlich für analytische Aufgabe zu nutzten, sondern ihr auch die Organisation eines Großteils der internen und externen Kommunikation (bei gleichzeitig exponentiell zunehmender Lernkurve) zu übertragen, galten die Handbücher als teilweise überholt.

Ronit starrte auf den Bildschirm. In schwarzer Schrift

auf weißem Grund erschienen die Anweisungen, die sie zu befolgen hatte. Die KI hatte die Dringlichkeit einer Kontaktaufnahme mit dem Büro blitzschnell erkannt. Eine weibliche Stimme sagte: »Ich stelle Sie direkt zum Chef der Operationsabteilung durch.«

Der Kontakt kam sofort zustande, und Ronit berichtete Ben-Zvi über die letzten Minuten von Ohad Iluz. »Ich saß im Innern des Restaurants am Laptop. Ohad und seine Informantin hatte ich die ganze Zeit im Blick. Die Informantin überreichte ihm einen Stick und sagte etwas, was ich aber nicht hören konnte. Der Inhalt muss wichtig gewesen sein, denn Ohad stand sofort auf, brachte mir den Stick und sagte: ›*Das geht sofort ans Büro*‹. Was ich unverzüglich tat. Dann ging er wieder zurück auf die Terrasse und setzte sich zu der Frau an den Tisch. Es vergingen nur wenige Sekunden, dann fuhr eine schwarze Limousine mit getönten Scheiben langsam an uns vorbei. Im selben Moment sah ich, wie Ohad vom Stuhl fiel. Seine Agentin sprang auf, und ich rannte nach draußen. Ich sah, dass alles voller Blut war, aber einen Schuss habe ich nicht gehört. Die Agentin war verschwunden, und die Limousine beschleunigte. Es gelang mir aber noch, das Nummernschild heranzuzoomen. Die Daten müsstet ihr erhalten haben.«

»Ja, die Daten haben wir«, sagte Ben-Zvi. »Kennst du den Inhalt des Gesprächs auf dem Stick?«

»Nein. Nachdem Ohad mir den Stick überreicht hatte, habe ich den Inhalt sofort ans Büro geschickt. Darf ich erfahren, worum es ging?«

»Später.«

»Hätte ich ihm sein Smartphone abnehmen müssen?«, fragte sie etwas besorgt.

»Mach dir wegen Ohads Smartphone keine Sorgen. Unsere neuen Geräte zerstören sich selbst, sobald sie in falsche Hände geraten.«

»Das wusste ich nicht.«

»Jetzt weißt du es.«

»Wie soll ich mich jetzt verhalten?«

»Du bleibst in der sicheren Wohnung und wartest auf weitere Anweisungen.«

***

Ben-Zvi ließ sich zum Büro des Generaldirektors durchstellen, um ihn persönlich über das Gespräch mit Ronit zu informieren.

»Erzähl mir das in meinem Büro, ich muss sowieso mit dir sprechen.«

»Okay. Bin auf dem Weg.«

Dahan hatte das Transskript des Gesprächs zwischen Hassan Nasrallah und Assadollah Afkhami sorgfältig studiert und zusätzlich seine beiden Stellvertreter hinzugezogen. Die Entscheidung der drei Spitzenbeamten des Mossad fiel einhellig aus: Es gab nur einen Mann, der der Komplexität der Aufgabe gewachsen war.

Nachdem Ben-Zvi seinen Chef ausführlich in dessen Büro über das Gespräch mit Ronit informiert hatte, sagte dieser: »Ich habe mir die Sache sorgfältig durch den Kopf gehen lassen, Aryeh. Wir haben keinen besseren Mann als Avi. Aber bevor ich ihn jetzt in Berlin anrufe, möchte ich deine Meinung hören.«

»Du hättest keine bessere Wahl treffen können, Ron.«
Der Mossadchef nickte. »Dann rufe ich ihn jetzt an.«
»Hast du den Ministerpräsidenten schon informiert?«
»Selbstverständlich.«

***

Avi Halon war seit drei Jahren der Stationsleiter des israelischen Auslandsgeheimdienstes in Deutschland. Der
memuneh hatte seinem erfolgreichsten *katsa* damals zwei
Vorschläge unterbreitet: »Entweder wirst du Aryehs Nachfolger als Chef der Operationsabteilung, oder du gehst
nach Berlin und löst Dani Gerstein ab.«

Halon war die Wahl leichtgefallen. Er konnte nicht
lange hinter einem Schreibtisch sitzen, und bei stunden-
langen Planungssitzungen würde er schnell verkümmern.
Er musste immer am Schauplatz des Geschehens sein, deshalb hatte er sich ohne nachzudenken für die Station in
Berlin entschieden.

Ben-Zvi hatte seine Entscheidung vorausgesehen. Avi
Halon war nämlich derjenige, der den Geist des Büros am
stärksten verinnerlicht hatte. Sein Handwerkszeug war Täuschung und Desinformation, zusammen mit Subversion, Korruption, Erpressung und Attentaten. Er war wie kein anderer
darauf trainiert, zu lügen, Freundschaften zu gebrauchen und
zu missbrauchen. Und was am Wichtigsten war: Er lieferte
immer genau das, was von ihm erwartet wurde.

Dahan erzählte ihm kurzerhand, worum es ging. Dann
räumte er ihm eine Stunde Bedenkzeit ein. »Die Entscheidung, ob Sie mit Ihrer Tochter zusammenarbeiten
wollen, überlasse ich Ihnen. Meiner Meinung nach werden

Sie in den ersten Tagen nicht auf sie verzichten können, auch wenn sie nur wenig Erfahrung mit operativen Einsätzen hat. Aber sobald es ans Eingemachte geht, werden Sie eine erfahrene Agentin an Ihrer Seite brauchen. Sie können Ihre Tochter, wann immer Sie wollen, wieder nach Hause schicken.«

»Wen wollen Sie mir schicken?«

»Liat Ben-Nun ist Libanon-Expertin und spricht fließend Arabisch. Ansonsten greifen Sie auf unser Agentennetz vor Ort zurück.«

Halon wusste, wo sich seine Tochter Ronit gerade aufhielt. Die sichere Wohnung, in der sie sich befand, hatte wie auch die anderen sicheren Wohnungen in Beirut den Segen des libanesischen Geheimdienstchefs, Generalmajor Josef Catroux, einem melkitisch-griechischen Katholiken, zu dem der Mossad eine enge Beziehung aufgebaut hatte. Die israelische Regierung hatte wie so oft keine Ahnung von dieser Beziehung. Es gab viele Staaten, zu denen der Mossad tiefere Beziehungen unterhielt als die israelische Regierung selbst. Der Mossad war auch bekannt dafür, dass er stabile Beziehungen zu Ländern unterhielt, deren Regierungen miteinander verfeindet waren. Der libanesische Geheimdienstchef wünschte sich nichts sehnlicher als die Bekämpfung des iranischen Einflusses in seinem Land, vor allem der Hisbollah. Denn völlig egal, in welchem Land der Iran Fuß fasste und die Kontrolle übernahm – das betreffende Land war immer in kürzester Zeit zerstört. Und allmählich wurden sich die Länder im Nahen Osten dieser Tatsache bewusst. Jeder im Mossad wusste: Wenn man einen guten Draht zum Geheimdienstchef eines arabischen oder muslimischen Landes hatte, hatte man automatisch Einfluss auf den jeweiligen Machthaber. Und jeder Diktator wusste, dass Israel ihm viel zu bieten hatte, angefangen von Kontakten und geheimen Informationen bis hin zu technologischer Unterstützung.

Halon war in Berlin gerade stark mit der Überwachung eines Deals zwischen seiner und der deutschen Regierung beschäftigt, weil Deutschland den Kauf von Israels Arrow-3 für vier Milliarden Euro vorantrieb. Das Raketensystem Arrow-3 war die oberste Schicht des israelischen Verteidigungssystems und sollte ballistische Raketen außerhalb der Erdatmosphäre abfangen. Die deutsche Regierung bereitete sich nämlich insgeheim auf einen für sehr wahrscheinlich gehaltenen russischen Angriff auf ihr Territorium vor. Halon hatte also eigentlich überhaupt keine Zeit, um einen neuen Auftrag anzunehmen, trotzdem sagte er dem *memuneh* zu.

»Ich habe nichts anderes von Ihnen erwartet, Avi«, sagte Dahan erleichtert. »Ich erwarte Sie morgen Mittag. Aryeh wird bis dahin alles Notwendige vorbereitet haben.«

***

Die Sondermaschine der *El Al* mit Avi Halon an Bord landete um 9.55 Uhr auf einem abgelegenen Rollfeld des David-Gurion-Flughafens.

Als er aus dem Flugzeug stieg, sah er die gepanzerte Limousine des Chefs der Operationsabteilung übers Vorfeld heranrollen. Er ging ihm entgegen.

Die hintere Tür des Fahrzeugs wurde aufgestoßen, und Halon stieg ein.

»Shalom«, wurde er von Ben-Zvi begrüßt.

»Shalom.« Der vertraute Geruch von türkischen Zigaretten schlug ihm entgegen.

»Wie war dein Flug?«

Halon zog ein Päckchen Marlboro aus seiner Jacke und steckte sich ebenfalls eine Zigarette an. Er inhalierte einen tiefen Zug: »Angenehm.«

Die Limousine setzte sich in Bewegung.

»Was macht der Arrow-3-Deal?«

»Läuft gut. Der Deutsche Bundestag hat eine erste Zahlung von 560 Millionen Euro gebilligt.«

»Bei welchem Gesamtvolumen?«

»Vier Milliarden.«

»Gratuliere.«

»Danke. Was ist mit Ohad? Habt ihr seine Leiche schon außer Landes geschafft?«

»Ja, gestern. Catroux hat die Sache völlig geräuschlos für uns erledigt. Wie du weißt, haben wir ihn schon seit Längerem in der Tasche.«

Generalmajor Josef Catroux, ein melkitisch-griechischer Katholik, war der Generaldirektor für Staatssicherheit, der libanesischen *Amn Eddawla*.

»Gibt's was Neues von meiner Tochter?«

»Nein. Ich habe ihr nur gesagt, dass sie unsere sichere Wohnung nicht verlassen darf und auf weitere Anweisungen warten soll.«

***

Die Limousine fuhr in die Tiefgarage des Hadar-Dafna-Gebäudes an der Glilot-Autobahnkreuzung, dem Hauptquartier des israelischen Auslandsgeheimdienstes.

Die beiden Agenten stiegen aus, betraten den Fahrstuhl und fuhren hoch in den achten Stock, wo sich am Ende des Flurs Ben-Zvis Büro befand. Während sie am Büro von Zehava Landsman, Ben-Zvis langjähriger Sekretärin, vorbeischritten, winkte diese den beiden Haudegen durch die offenstehende Tür kurz zu.

Während der Chef der Operationsabteilung die Tür seines Büros öffnete, schaute er auf die Uhr. »Ist gleich elf«, sagte er. Er ging zu seinem Schreibtisch und nahm dahinter Platz. »Um zwölf treffen wir uns mit dem *memuneh* in der Kantine zum Mittagessen.« Dann wies er mit der Hand auf die gegenüberliegende Seite seines Schreibtisches. »Setz dich. Kaffee?«

»Gern.« Halon ließ sich in einen der beiden Freischwinger fallen.

Ben-Zvi drückte einen Knopf auf seiner Sprechanlage und bestellte bei Zehava zwei Kaffee. Dann fuhr er fort: »Kommen wir zur Sache. Wir wissen jetzt, dass sie Mohsen Fakhrizadeh rächen wollen, das war ein ganz konkreter Punkt in dem Gespräch zwischen Nasrallah und General Afkhami.«

»Nach zweieinhalb Jahren?«

»Die Iraner haben einen langen Atem, Avi. Qasem Soleimani haben sie bis jetzt auch noch nicht gerächt, und das ist schon dreieinhalb Jahre her.«

»Wissen wir schon, *wo* sie Fakhrizadeh rächen wollen?«

»Auf Zypern.«

»Und worin soll ihr Rache bestehen?«

»In der Ermordung eines schwerreichen israelischen Geschäftsmanns, der seinen Zweitwohnsitz auf Zypern hat, wahrscheinlich durch einen Auftragskiller, sowie im

Überfall auf ein Hotel, in dem sich um diese Zeit immer zahlreiche israelische Touristen aufhalten. Das ist alles. Afkhami nannte keine Namen, keinen Zeitrahmen. Er sagte nur, dass sich eine iranische und eine pakistanische Terrorzelle bereits auf Zypern befinden und dass er erst dann einen Auftragskiller nach Zypern schicken werde, wenn Nasrallah ihm zusätzlich eine libanesische Terrorzelle zur Verfügung stellen würde.«

»Wie hat Nasrallah darauf reagiert?«

»Er hat natürlich zugestimmt.«

»War zu erwarten. Es könnte natürlich auch eine List von Afkhami sein. Die Iraner wissen genau, wie geschwätzig und unzuverlässig Araber im Allgemeinen sind.«

»Was willst du damit sagen?«

»Ich will damit sagen, dass sich der Auftragskiller bereits auf Zypern aufhalten könnte.«

Ben-Zvi dachte nach. Schließlich sagte er: »Dann wäre es vielleicht am klügsten, wenn wir unsere vertrauenswürdigen Partner bei den zypriotischen Diensten umgehend informieren würden.«

»Allerdings.«

»Es gibt noch einen weiteren Punkt, der zwischen Nasrallah und Afkhami zur Sprache kam: Der Iran wünscht, dass sich die Hisbollah umgehend an die Planung eines Großangriffs auf uns macht. Wir müssen uns also auf einen Mehrfrontenkrieg einstellen.«

»Das tun wir doch schon seit Monaten.«

»Das stimmt. Aber das ist noch nicht alles. An dem Großangriff auf uns sollen diesmal *alle* iranischen Stellvertreter *gleichzeitig* beteiligt sein, also nicht nur die Hisbollah, sondern auch die Hamas, der Islamische Dschihad und die Huthis im Jemen. Das Vorhaben ist dermaßen geheim, dass Afkhami die politischen und militärischen Flügel dieser Terrorgruppierungen persönlich informiert.«

»Einen totalen Raketenkrieg zum selben Zeitpunkt und aus allen vier Himmelsrichtungen würden wir nicht überleben. Das schafft der Iron Dome nicht.«

»So ist es.«

»Wurde schon ein ungefähres Datum genannt?«

»Nein, die finale Entscheidung wird der Obersatan Ali Chamenei höchstpersönlich treffen.« Ben-Zvi zündete sich eine Zigarette an und bot Halon dann seine Schachtel an.

»Danke, hab meine eigenen«, erwiderte der *katsa* und zog seine Marlboro hervor.

»Wir reden den ganzen Tag über den Iran, weil das iranische Atomprogramm eine existentielle Bedrohung für uns ist. Aber was direkt vor unserer Haustür passiert, ist im Moment viel gefährlicher. Der Iran versorgt die Hisbollah mit Präzisionswaffen, die bis zu unserem Reaktor in Dimona reichen. Das ist unser Hauptproblem. Und ein weiterer Brennpunkt, der von Tag zu Tag bedrohlicher für uns wird, ist Damaskus. Die ganze Region hat jetzt registriert, dass die USA in absehbarer Zeit keine Rolle mehr spielen. Die Amerikaner wollen die Wirtschaftssanktionen gegen den Iran abmildern oder ganz aufheben. Jedermann weiß aber, dass die Iraner jeden Dollar, den sie in die Finger bekommen, in ihr Terrornetzwerk stecken. Sie werden dieses Geld benutzen, um ihre Aggressions- und Terrorkampagne in der gesamten Region voranzutreiben. Sie werden alles daran setzen, uns in Syrien, im Libanon, im Gazastreifen und im Jemen eine Schlinge um den Hals zu legen. Neunzig Prozent unserer Sicherheitsprobleme sind auf den Iran und seine Stellvertreter zurückzuführen. Deshalb hat der Ministerpräsident wiederholt betont, dass wir uns an keine Vereinbarung mit dem Iran im Zusammenhang mit seinem Atomprogramm gebunden fühlen.«

»Diplomatie ist sowieso der falsche Weg, wenn man es mit einem kriminellen Regime zu tun hat.«

»Wem sagst du das?« Ben-Zvi blies einen Rauchkringel in die Luft. »Wir wissen es, der Premierminister weiß es, und das ganze Verteidigungsestablishment weiß es. Die Amerikaner wissen es wahrscheinlich auch. Trotzdem werfen sie uns mit ihrer Diplomatie ständig Knüppel zwischen die Beine. Unser nationaler Sicherheitsberater war gerade in Washington und hat sich mit dem amerikanischen Sicherheitsberater getroffen. Die Gespräche waren zwar sehr offen, wir führen in der Tat einen sehr offenen Dialog mit den Amerikanern, und wir versuchen wirklich alles, um eine Einigung herbeizuführen, aber ich werde trotzdem von Tag zu Tag pessimistischer ...«

Es klopfte an der Tür.

Zehava brachte den Kaffee.

Die Herren bedankten sich.

»Wieso wirst du von Tag zu Tag pessimistischer?«, fragte Halon, während er an dem heißen Kaffee nippte.

»Du fragst wieso? Weil die Amerikaner ein erkennbar falsches Spiel mit uns spielen. Offiziell streben sie unsere *Integration*, wie sie es nennen, an. *Integration!* Man fasst sich unwillkürlich an den Kopf. *Integration in eine neue Nahostordnung.* Übersetzt heißt das: Zwei-Staaten-Lösung.«

»Wird niemals passieren.«

»Das sagt *du!* Und ich sage das auch! Jeder normale Mensch sagt das, weil jeder normale Mensch weiß, dass ein palästinensischer Staat nichts anderes wäre als ein weiterer Terrorstaat.«

»Mich besorgt mehr die russisch-iranische Militärallianz«, sagte Halon.

»Glaubst du, mich besorgt sie nicht? Wir schauen ständig auf die Beziehung zwischen Russland und Iran. Stell dir vor, die Russen beliefern den Iran mit hochwertigen Waffensystemen, die Millionen unserer Bürger bedrohen.«

»Gar nicht auszudenken.«

»Aktuell ist es noch so, dass Russland uns nicht wirklich in die Quere kommt, wenn wir Stellungen der iranischen Stellvertreter in Syrien bombardieren. Aber wie lange noch? Ich fragte mich ständig, wann ist die Allianz zwischen Russland und dem Iran so gefestigt, dass Russland den Iran mit nuklearer Technologie versorgt? Und meine Hauptsorge ist, dass Russland irgendwann an einen Punkt kommen könnte, wo es uns sagt, ab jetzt läuft nichts mehr. Wir errichten eine Flugverbotszone über Syrien und werden euch in Syrien keine Luftschläge mehr erlauben.«

»Das wäre eine Katastrophe, wenn wir keine Bewegungsfreiheit mehr hätten.«

»Dann hör dir mal an, was Ron dazu sagt. Wie du weißt, stammt er aus einer orthodoxen Rabbinerfamilie ...«

»Was sagt er denn?«

»Er hat mir gesagt: ›*Irgendwann wird es passieren, dass Russland und Iran gemeinsam gegen uns aufmarschieren, zusammen mit Libyen und dem Sudan. Russland wird diese Allianz gegen uns anführen. Lies Hesekiel 38 und 39. Aber dann wird Gott eingreifen und die Angreifer vernichten‹.«*

»Aus seinen religiösen Überzeugungen halte ich mich raus. Jedem seine Meinung.« Halon zündete sich eine weitere Zigarette an. »Was ist mit China?«

»Russland wird von China angeführt, das ist inzwischen unübersehbar. China will die USA aus dem Nahen Osten vertreiben, und das machen sie zusammen mit Russland und dem Iran. China will in diese Region eindringen, hier investieren und wirtschaftlichen und politischen Einfluss erlangen. Ich betrachte diese Entwicklung als hochgefährlich, weil sie nicht nur die USA, sondern vor allem Israel bedroht.«

»Aber gleichzeitig machen wir gute Geschäfte mit China. Und zwar zu beiderseitigem Vorteil.«

»Ja, ich weiß, dass wir uns hier auf sehr dünnem Eis bewegen. Und wenn du China sagst, muss du auch Saudi-Arabien sagen. Beide untergraben den Einfluss der USA im Nahen Osten. China hat seine wirtschaftlichen, diplomatischen und militärischen Aktivitäten drastisch verstärkt und wird dabei von Saudi-Arabien unterstützt. Es hat sich viel verändert, besonders seit MBS an der Macht ist. Früher gab es nur Gleichschritt, die Saudis waren immer ein sicherer Verbündeter. Aber jetzt ist es nicht mehr so. Saudi-Arabien ist unberechenbar geworden.«

Halon schaute auf sein Smartphone. »Es ist gleich zwölf. Du sagtest, dass wir uns mit dem *memuneh* um zwölf in der Kantine treffen.«

Der korpulente Chef der Operationsabteilung drückte

seine Zigarette aus und drückte sich aus seinem Sessel. »Dann lass uns gehen.«

»Eine letzte Frage noch: Was wissen wir über Julia al-Banna, Ohads Informantin?«

»Das besprechen wir nach dem Mittagessen.«

***

Die Kantine des Mossad war kaum wiederzuerkennen. Sie war vor zweieinhalb Jahren, kurz nachdem Halon die Residentur in Berlin übernommen hatte, grundlegend renoviert und modernisiert worden. In diesen zweieinhalb Jahren hatte es zwar viele Treffen zwischen ihm und Ben-Zvi im Hauptquartier gegeben, aber diese Treffen hatten immer nur entweder in Ben-Zvis Büro oder beim *memuneh* oder in einem der acht Besprechungsräume stattgefunden. Die Kantine hatte Halon in dieser Zeit nie betreten. Er war positiv überrascht, dass sich der elitäre Geist des Büros jetzt auch in der Kantine manifestierte.

»Das ist ja der reinste Luxus«, sagte er beim Betreten.

»Für die Besten nur das Beste«, erwiderte Ben-Zvi. »Komm, die Abteilungsleiter sitzen dort hinten in dem abgetrennten Bereich.«

Halon folgte ihm.

Kaum hatten sie die Kantine betreten, wurde es um sie herum totenstill. Die vielen jungen Nachwuchsagenten starrten voller Ehrfurcht auf den Neuankömmling. Jeder der hier Anwesenden hatte schon einmal von seinen spektakulären Leistungen gehört. Für sie war Halon ein wandelndes Denkmal. Was für diese jungen Leute zählte, war allein die Bilanz, und die konnte sich nach den

Maßstäben des Büros mehr als sehen lassen: An seinen Händen klebte doppelt so viel Blut wie an den Händen der jüngeren *katsas*.

Avi Halon, die Legende, hatte ein Gesicht, das man nicht so schnell vergaß. Die zehn Zentimeter lange Narbe, die von seinem rechten Wangenknochen bis zu seinem Kinn verlief, war das Andenken an ein Himmelfahrtskommando im Libanon vor fünfundzwanzig Jahren. Mit seinem stahlgrauen Stoppelhaarschnitt und seinen kalten blaugrauen Augen sah er kein Jahr jünger aus als er war.

Die Stille währte nur wenige Sekunden, dann standen die Ersten auf und fingen an zu klatschen. Die Anderen taten es ihnen gleich.

Ben-Zvi führte den *katsa* in den abgetrennten Bereich der Kantine. Die Leiter der *komemiute*, des *LAP*, des *tayeset* und der *melukha* saßen bereits an ihren Tischen und grüßten Halon ebenfalls.

Um Punkt zwölf erschien Dahan. Er durchquerte den Raum mit schnellem Schritt, begab sich direkt in den hinteren Bereich und setzte sich zu Halon und Ben-Zvi an den Tisch.

Was hatten diese drei Herren gemeinsam?

Keiner war ein Freund des Smalltalks. In ihren Köpfen ging es ausschließlich um Informationen. Informationen waren überlebenswichtig, nicht nur für den Staat Israel, sondern auch für sie selbst. Wie Roboter studierten sie die in ihrem Tisch eingelassenen Displays mit der Speisekarte und tippten dann die Speisen ihre Wahl an.

Bevor das Essen gebracht wurde, erzählte Dahan, dass sich der iranische Revolutionsführer gerade mit

Vertretern des Islamischen Dschihad getroffen hatte und die Zerstörung Israels innerhalb der nächsten fünf Jahre angekündigt hatte. »Chamenei hat ihnen seinen Zeitplan erklärt und gesagt, dass Israel in sich geteilt wäre. Dabei ist ihm wohl das Wasser im Mund zusammen gelaufen.«

»Er hat ja auch in seinem 2015 veröffentlichten Buch vorausgesagt, dass Israel im Jahre 2040 verschwunden ist«, ergänzte Halon. »Jetzt hat er es offensichtlich um zwölf Jahre vorverlegt. Das zeigt doch die Geisteshaltung dieses Irren. Kennen wir schon den Grund für dieses Treffen?«

»Natürlich. Der Iran will eine weitere Front in Judäa und Samaria eröffnen. Wir haben erfahren, dass sie mit Jenin beginnen wollen … Der Grund ist klar: Das iranische Regime will durch ständige Provokation und Belästigung wissen, wie wir reagieren. Selbstverständlich bereiten sie sich genau wie wir auf einen Mehrfrontenkrieg vor, denn die Vernichtung Israels ist nach wie vor der Kerngedanke der islamischen Revolution … Selbstverständlich ist unser Land gerade etwas zerrissen«, gestand Dahan ein und spielte damit auf die geplante Justizreform an, »aber falls wir in den Krieg ziehen müssen, werden Links und Rechts zusammenstehen. Das war immer so, und das wird auch beim nächsten Krieg so sein. Die USA sind ein unsicherer Kantonist, das wissen die Leute. Notfalls werden wir ganz allein handeln, um diese existentielle Bedrohung zu beseitigen.«

»Abbas setzt ebenfalls nicht mehr auf die USA«, sagte Ben-Zvi. »Er orientiert sich auch in Richtung China.«

»Ich weiß.«

Als die Vorspeisen gebracht wurden, fragte Dahan: »Hat Aryeh Ihnen die Aufträge schon genannt?«

»Ja: Aufklärung des Mordes an Ohad Iluz, Verhinderung

der iranischen Terroranschläge auf Zypern und Verhinderung eines massiven Angriffs der Hisbollah auf Israel.«

»Genau. Die beiden ersten Aufträge erledigen Sie wahrscheinlich mit Links, dafür kenne ich Sie zu gut. Aber die Verhinderung einer militärischen Konfrontation ist schon eine etwas anspruchsvollere Aufgabe«, erwiderte Dahan. »Der Premierminister möchte jedenfalls, dass die Wahrscheinlichkeit eines Kriegsausbruchs in diesen Zeiten der Spaltung unserer Nation extrem reduziert wird. Deshalb werden Sie die ganze Zeit über in engem Kontakt mit dem Außenministerium stehen. Krieg ist immer die allerletzte Möglichkeit. Niemand von uns will wirklich Krieg. Krieg ist immer schlecht, zumal es Israel an strategischer Tiefe fehlt. Deshalb werden wir uns auch weiterhin nur auf unsere Kernkompetenzen, Informationsbeschaffung und Täuschung, konzentrieren. Aber wenn wir direkt in unserer Existenz bedroht werden und es keine Alternative mehr zum Krieg gibt, dann greifen wir zu den Waffen. Die kontraproduktivste und barbarischste und ineffektivste Methode, um unsere Sicherheit zu gewährleisten, ist der Krieg auf dem Schlachtfeld.« Dahan rührte mit dem Löffel in seiner Gemüsesuppe. Nach einer kurzen Pause sagte er: »*Die höchste Kunst der Kriegsführung ist überhaupt nicht zu kämpfen*«. Wissen Sie, wer das gesagt hat?«

»Nein.«

»Das sagte der chinesische Militärstratege Sun Tzu schon vor zweieinhalbtausend Jahren. Die Konzentration auf Subversion, Infiltration und Zersetzung muss immer an erster Stelle stehen. Im Grunde tun wir das schon seit der Gründung unseres Staates. Wir unterminieren jeden einzelnen Wert jener Länder, die uns feindlich gesonnen sind. Und erst dann, wenn die Wahrnehmung der Realität des Feindes so verzerrt ist, dass er sich ganz in unsere Hände begibt, haben wir unser Ziel erreicht. Das ist das Endziel aller Subversion, dass du deinen Feind einnehmen kannst ohne einen einzigen Schuss abzugeben ... Aber im Bedarfsfall wird der Ministerpräsident natürlich den Befehl zum Angriff geben.« Er lächelte flüchtig. Das kostete ihn eine Anstrengung. Das war offensichtlich. »Wahrscheinlich werden Sie ein paar Leute kaufen müssen, Avi, aber Geld ist für uns kein Problem. Wie Sie wissen, kann man jeden Menschen kaufen. Sie haben völlig freie Hand, aber merken Sie sich eins: Beide Unternehmen dürfen auf keinen Fall schiefgehen. Wenn sie fehlschlagen, können sie nicht nur mich, sondern auch den Ministerpräsidenten mit in den Abgrund reißen.«

»Verstanden.«

»Sie bekommen für diese Operation alles, was sie brauchen. Notfalls sogar die *sayeret matkal*.«

Dahan beobachtete Halon jetzt sehr aufmerksam, aber der verzog keine Miene. Die *sayeret matkal* waren eine Spezialeinheit der israelischen Streitkräfte mit dem Einsatzschwerpunkt Terrorismusbekämpfung und nachrichtendienstliche Aufklärung.

»Und der Ministerpräsident hat mir unbegrenzten Zugriff auf unbegrenzte Mittel genehmigt?«, fragte Halon ungläubig.

»*Ich* habe Ihnen das genehmigt ... Nur der Ministerpräsident und eine Handvoll zuverlässiger hochrangiger Mitarbeiter werden erfahren, was Sie tun.«

Nach dem Mittagessen sagte Dahan: »In fünfzehn Minuten treffen wir uns wieder in meinem Büro. Aryeh braucht jetzt eine Zigarettenpause.«

»Nicht nur er«, seufzte Halon.

***

Ziva Weinthal, Dahans blonde Sekretärin, drückte einen Knopf, und die Tür, die das Sekretariat vom Büro des obersten Bosses der Behörde trennte, glitt lautlos zur Seite.

Der memuneh stand hinter seinem Schreibtisch, einer endlos weiten Rauchglasfläche, und las in seinem Tablet den Bericht des in Damaskus operierenden katsas.

»Nehmt bitte Platz.« Er legte das Tablet auf seinen Schreibtisch und verwies auf den Konferenztisch, an dem eine junge Frau mit schwarzer Kurzhaarfrisur und blauen Augen saß.

Ben-Zvi und Halon begrüßten die Frau. Sie hieß Liat Ben-Nun und war eine ausgewiesene Libanon-Expertin mit fließenden Arabischkenntnissen.

Liat war achtundzwanzig Jahre alt und eine *bat leveyha*. Das war ein Dienstgrad eine Stufe unter einem *katsa*. Schon während ihrer Militärzeit hatte der Mossad ein Auge auf sie geworfen. Später wurde sie tatsächlich vom Mossad rekrutiert, umfassend ausgebildet und trainiert. Liat hatte von Anfang an gelernt, dass sie ihre Erfahrungen mit niemandem teilen konnte. Möglicherweise würde sie irgendwann von dem unheilvollen Verlangen heimgesucht werden, sich jemandem anzuvertrauen, aber dieser Versuchung dürfe sie unter keinen Umständen nachgeben, hatte man ihr eingebläut. Sie dürfe niemandem trauen außer ihren Kollegen. Sie wurde in der Kunst des Täuschens unterrichtet, und es wurde ihr beigebracht, Methoden anzuwenden, die jedes Gefühl von Anstand und

Würde verletzten. Und tatsächlich empfand sie anfangs einige der Tätigkeiten, die von ihr verlangt wurden, als höchst unerfreulich. Aber sie hatte auch gelernt, immer den Gesamtzusammenhang ihres jeweiligen Auftrags im Auge zu haben. Eine solche Schule prägte fürs Leben. Liat konnte in die verschiedensten Rollen schlüpfen und trotzdem jedes Mal absolut authentisch wirken. Alle ihre bisherigen Vorgesetzten hatten sie gelobt, und ihr wurde eine steile Karriere vorausgesagt. Liat hatte bereits mit verschiedenen Operateuren erfolgreich zusammengearbeitet, aber noch nie mit Avi Halon.

Nachdem Ben-Zvi und Halon Platz genommen hatten, kam Dahan hinter seinem Schreibtisch hervor und setzte sich an das Kopfende des Konferenztisches. Mit wenigen klaren Sätze skizzierte er das Problem, vor allem die schwerwiegende Tatsache, dass das iranische Regime den Generalsekretär der Hisbollah aufgefordert hatte, sich auf einen Großangriff auf Israel vorzubereiten.

»Nasrallah wurde mitgeteilt, dass sich auch die Hamas, der Islamische Dschihad, die Huthis im Jemen und verschiedene andere Terrorgruppen an dem Großangriff beteiligen werden.«

»Für wann ist dieser Angriff geplant?«, fragte Liat.

»Das wissen wir nicht. Das müssen wir erst noch herausfinden. Einheit 8200 und wir arbeiten natürlich parallel. Nasrallahs neues abhörsicheres Smartphone haben wir schon vor Wochen gehackt. Seither hören wir nicht nur seine Gespräche ab, sondern lesen auch seine E-Mails und Textnachrichten mit. Das besondere Gespräch, um das es in diesem Fall geht, wurde aber nicht abgehört, sondern direkt in dem Raum aufgenommen, in dem es stattfand.«

»Wissen wir schon, *wer* das Gespräch aufgenommen hat?«, fragte Liat.

»Das herauszufinden, ist eure Aufgabe. Was wir bis jetzt über General Afkhami sowie über Ohads untergetauchte Informantin wissen, werdet ihr von Aryeh erfahren.«

»Ich brauche erst mal sämtliche von Ohad abgefassten Berichte«, sagte Halon.

»Erhältst du ebenfalls gleich von mir«, erwiderte Ben-Zvi.

»Unter welchen Identitäten werden wir operieren?«

»Das besprechen wir gleich. Ist bereits alles vorbereitet.«

***

Dibbine, Südlibanon – Die Maschine, die die beiden Agenten in den Libanon bringen sollte, war eine Gulfstream G550, ein zweistrahliges Geschäftsreiseflugzeug mit 28,50 Meter Spannweite und einer Reisegeschwindigkeit von Mach 0,85. Als Piloten wählte Halon zwei ehemalige Kampfflieger und als Kabinenpersonal zwei *kidonim*. Sie starteten kurz nach 20 Uhr vom Ben Gurion Airport und düsten mit ausgeschaltem Transponder die Mittelmeerküste entlang. Dreißig Minuten später landeten sie in der Nähe des Ortes Dibbine auf einem ehemaligen Stützpunkt der libanesischen Luftwaffe. Der Pilot rollte zu vier schwarzen Range Rover, die am Rand des Vorfelds parkten. Bewacht wurden sie von uniformiertem Sicherheitspersonal mit Maschinenpistolen. Im fahlen Mondlicht eine gespenstische Szene.

Unter der vorderen Kabinentür der Gulfstream ließ sich eine Fluggasttreppe ausklappen. Halon fuhr sie aus und betrat den Asphalt. Sekunden später öffnete sich die Tür eines Range Rovers. Ein einzelner uniformierter Mann stieg aus. Er war groß mit einer auffälligen Adlernase und durchdringendem Blick. Halon erkannte ihn sofort wieder. Generalmajor Josef Catroux, der Chef des libanesischen Geheimdienstes begrüßte ihn mit kräftigem Händedruck.

»Ich heiße Sie im Libanon herzlich willkommen.«

»Vielen Dank, General.«

»Wir haben uns eine Zeitlang nicht gesehen. Sie haben sich kaum verändert, Halon. Die Arbeit tut Ihnen offensichtlich gut.«

»Danke. Das Kompliment gebe ich gern zurück.«

»Weiß Ihr Ministerpräsident, wo Sie sich gerade herumtreiben?«

»Es reicht, wenn es der Generaldirektor weiß.«

Ein flüchtiges Lächeln huschte über das Gesicht des Libanesen. »Ich habe Sie damals mit wertvollen Informationen unterstützt, als Sie eine Operation gegen die Hisbollah in Deutschland geleitet haben. Ich hoffe, Sie erinnern sich noch daran.«

»Wie könnte ich das vergessen, General.«

»Eine höchst erfolgreiche Operation, wie ich hörte.«

»Ja.«

»Sie haben übrigens eine sehr attraktive Tochter.«

Halon runzelte die Stirn. »Haben Sie sie beschatten lassen?«

»Natürlich. Ronit stand die ganze Zeit unter meinem persönlichen Schutz. Ich gratuliere Ihnen zu Ihrer Tochter, sie lernt schnell und geht schon ziemlich professionell vor.

Ich bin mir sicher, dass sie eines Tages in Ihre Fußstapfen tritt.«

»Das möge der Höchste verhüten.«

Sekunden später erschien Liat in der Kabinentür.

Catroux schaute sie an. »Vermutlich hat sie keinen Hijab dabei«, sagte er. »Kein Problem, ich habe ihr einen mitgebracht.«

Liat ging auf die beiden Männer zu. Ein *kidon* mit zwei Gepäckstücken in den Händen folgte ihr. Während sie dem General die Hand reichte, brachte der *kidon* das Gepäck zum Fahrzeug des Generals und stellte es unter der Heckklappe des Range Rovers ab.

»Bitte zu dem anderen Fahrzeug«, sagte Catroux und zeigte auf den zweiten Range Rover.

Der *kidon* hob das Gepäck wieder auf und brachte es zum zweiten Fahrzeug.

Der Fahrer und der Beifahrer, beide vom libanesischen Geheimdienst, stiegen aus. Der Fahrer öffnete die Heckklappe, der Beifahrer verstaute die beiden Gepäckstücke.

Halon erhob keine Einwände. Außer Kleidung und Toilettenartikeln befand sich nichts darin, erst recht keine Waffen. Denn das Schlimmste, was einem Agenten in einem anderen Land passieren konnte, war, mit einer Waffe erwischt zu werden. Und die kleinen Hightech-Spielzeuge, auf die es bei so vielen Operationen letztendlich ankam, trug er sowieso alle in den Seitentaschen seiner Lederjacke.

Der *kidon* verabschiedete sich und wünschte Halon und seiner Begleiterin viel Erfolg. Kaum hatte er die Fluggasttreppe eingezogen und die Kabinentür hinter sich geschlossen, startete der Pilot die Maschine, um zurück nach Israel zu fliegen.

Die Straße war nicht erleuchtet. Ein Range Rover fuhr vor ihnen her. Im zweiten Range Rover saß Generalmajor Catroux, dahinter ihr eigener Range Rover und hinter diesem das vierte Fahrzeug.

Halon hatte eine ungefähre Vorstellung davon, in welche Richtung sie unterwegs waren. Das Wegwerfhandy, das er vor dem Abflug rasch eingesteckt hatte, zeigte kein Signal an. »Wir befinden uns am Arsch der Welt«, sagte er zu Liat.

»Sieht ganz so aus«, seufzte sie.

Vom Rücksitz des Range Rovers konnte er den Tacho sehen. Sie waren mit gut siebzig Stundenkilometern unterwegs. Nach wenigen Minuten fuhren sie auf eine unbefestigte Straße ab, ohne langsamer zu werden. Dann tauchten am Horizont die ersten Lichter einer kleinen Siedlung auf.

Am Ortseingang hatte Halons Handy wieder ein Signal. Er schaute auf Google Maps nach, wo sie sich befanden. Der Ort hieß Dibbine. Er lag etwa sechzig Kilometer Luftlinie südöstlich von Beirut. Mit dem Fahrzeug wären es bis Beirut allerdings rund hundert Kilometer, weil das Gelände sehr unwegsam war und selbst für einen Geländewagen wie diesen eine echte Herausforderung darstellte – vor allem, was den ersten Teil der Strecke über Nabatäa bis kurz vor Sidon betraf. Ab Sidon würden sie dann bei guten Straßenverhältnissen einfach die Mittelmeerküste entlang bis Beirut durchfahren können.

Vor einer hohen, rund fünfzig Meter breiten und von

außen beleuchteten Mauer kam die Wagenkolonne zum Stehen.

Ein eisernes Tor öffnete sich.

Halons Blick fiel auf eine zweistöckige, stark befestigte Villa, die von hohen, schattenspendenden Bäumen umgeben war. Während die vier Range Rover der Reihe nach auf das Grundstück fuhren, passierten sie zwei Wachleute mit Maschinenpistolen. Sie hielten direkt vor dem Haus.

Hinter dem letzten Fahrzeug schloss sich das Tor genauso geräuschlos, wie es sich geöffnet hatte.

Halon und Liat sahen, wie Catroux und seine Personenschützer ihre Fahrzeuge verließen. Auch ihr eigener Fahrer forderte sie nun zum Aussteigen auf.

»Darf ich bitten?«, fragte Catroux. »Unser kleines Hotel heißt Sie herzlich willkommen.«

»Ein gediegenes kleines Anwesen, General«, sagte Halon beim Aussteigen. Er schlug den Kragen seiner Lederjacke hoch, weil es plötzlich sehr kalt geworden war. Liat schaute an dem Haus empor in die sternklare Nacht.

»Danke. Ich hoffe, es stellt Sie zufrieden. Kommen Sie schnell ins Haus. Nachts kann es hier sehr kalt werden.«

»Wie lange werden wir hier bleiben?«

»Nur eine Nacht. Morgen früh bringe ich Sie und Ihre Begleitung nach Beirut.«

Halon wollte gerade die Heckklappe des Range Rovers öffnen, um die beiden Gepäckstücke herauszuholen, als Catroux intervenierte: »Darum kümmern sich meine Männer. Kommen Sie erst mal rein, ich zeige Ihnen die Zimmer.«

Sie betraten die geräumige Eingangshalle.

Die Einrichtung des Hauses war mediterran arabisch

gehalten, was sich durchaus förderlich auf ihre bevorstehende Unterhaltung auswirken würde. Am Ende der Halle führte eine geschwungene Treppe aus dunklem Holz hinauf in den ersten Stock.

General Catroux ging voraus.

Im ersten Stock führte ein mit hochwertiger Teppichware ausgelegter Flur an sechs Schlafräumen vorbei.

Der General öffnete die Tür des ersten Zimmers. Er machte Licht und ging hinein. Das Zimmer roch nach Desinfektionsmittel, was ihn aber nicht zu stören schien. »Wir haben hier oben insgesamt sechs Schlafräume und zwei Bäder«, sagte er. »Sie können sich selbstverständlich aussuchen, in welchem Zimmer Sie übernachten möchten. Die beiden Bäder befinden sich jeweils an den beiden Enden des Flurs. Da können Sie sich frisch machen.«

»Danke.«

»Wenn Sie einverstanden sind, sehen wir uns in einer halben Stunde unten zum Abendessen bei einem guten Tropfen libanesischem Wein.« Er lächelte.

»Ist sonst noch jemand im Haus?«, fragte Halon.

»Außer den Wachleuten nur zwei Köche. Beide verfügen über hervorragende Kochkünste. Lassen Sie sich überraschen.«

Halon und Liat hatten sich frisch gemacht und umgezogen. Sie stiegen die Treppe ins Erdgeschoss hinunter. Unten nahm sie der General in Empfang. Er trug noch immer seine Uniform.

Das Esszimmer war relativ groß, geschmackvoll eingerichtet und mit kostbaren Teppichen ausgelegt. In der Mitte befand sich ein Acht-Personen-Tisch mit arabischen

Intarsien. Auf dem Tisch lag eine weiße Damast-Tischdecke. Es war für drei Personen gedeckt. An beiden Enden des Esszimmers standen zwei Personenschützer.

Nachdem sie Platz genommen hatten, sagte Catroux: »Als Vorspeise gibt es *Fatousch*, und als Hauptgericht können Sie wählen zwischen *Schawarma* und *Kibbe Nayé*.«

»Vielen Dank, General«, sagte Halon. »Ich schätze die libanesische Küche sehr.«

»Und als Krönung einen *Château Musar*.« Die Augen des Geheimdienstchefs leuchteten. »Ich denke, dass ich einem Spitzenagenten wie Ihnen nicht ausdrücklich erklären muss, dass dies einer unserer Spitzenweine aus der Bekaa-Ebene ist.«

Halon nickte zu den beiden Leibwächtern hinüber. »Sagen Sie ihnen, sie sollen den Raum verlassen, sie machen mich nervös. Und geben Sie ihnen Ihr Smartphone mit. Man weiß nie, wer gerade mithört.«

Catroux schaute Halon überrascht an. »Meine Experten sagen, dass es absolut sicher ist.«

»Tun Sie mir den Gefallen, General.«

Catroux gab sein Handy einem der Personenschützer, und die Männer zogen sich zurück.

Nachdem sie angestoßen hatten, kam Halon zum Wesentlichen. »Wissen Sie, wer unseren Mann umgelegt hat?«

»Nein. Wir waren es jedenfalls nicht.«

»Aber Sie haben eine Vermutung.«

»Vielleicht.«

»Was wissen Sie über seine Informantin?«

»Julia al-Banna?«

»Ja, soviel ich weiß, war sie seine wichtigste Informantin.«

General Catroux beugte sich vor und sah dem *katsa*

fest in die Augen: »Halon, Sie wissen genau: Wenn meine Tätigkeit für Israel auffliegt, bekomme ich einen Schauprozess und werde anschließend vor laufenden Kameras erschossen.«

»Zweifellos, General. Aber Sie hassen den Kopf der Schlange, dieses teuflische Regime in Teheran, so sehr, dass Sie dieses Risiko gern eingehen.«

»So ist es. Die Hisbollah kontrolliert hier praktisch alles. Sie ist die Seuche aller Seuchen, und ich bete jeden Tag zu Christus, dass Israel uns eines Tages von dieser Seuche befreit.« Er zögerte einen Moment. »Obwohl ich angesichts der Ereignisse der letzten beiden Jahre sehr pessimistisch bin.«

»Die Frage ist, ob es wirklich zum Krieg kommt«, sagte Halon, »und wenn, wer greift wen zuerst an, die Hisbollah Israel oder Israel die Hisbollah. Wenn wir präventiv angreifen, dann mit Sicherheit mit einer Härte, die die Hisbollah weitestgehend vernichten wird.«

»Das heißt Landoffensive.«

»Selbstverständlich. Um das meiste ihrer Landstreitkräfte und ihrer Raketen und Flugkörper zu vernichten.«

»Das ist aber dann ein Experiment, das sich von allen Ihren historischen Erfahrungen unterscheidet. Wenn Sie nicht aufpassen, landen Sie in einer Sackgasse, in einem endlosen Krieg, ähnlich dem Irak-Iran-Krieg, der acht Jahre gedauert hat. Sie müssen vom Ende her denken, Halon. Die entscheidende Frage lautet doch: Kann Israel den Krieg stoppen? Denn falls nicht, wird es schwerwiegende ökonomische und soziale Konsequenzen geben. Dann wird es in der Bevölkerung irgendwann Zweifel geben. Die Menschen werden sich fragen, ob sie ihrer nationalen Führung noch vertrauen können.«

»Das ist mir vollkommen klar, General.«

»Ich hoffe, dass das Ihrem Verteidigungsestablishment ebenfalls klar ist. Sie werden zwingend die Amerikaner an Ihrer Seite haben müssen, und diesbezüglich sehe ich momentan ziemlich schwarz. Die Biden-Administration behandelt Sie genauso, wie Sie von der Obama-Administration behandelt wurden. Bei uns sagt man, wir erleben gerade Obamas dritte Amtszeit.«

»Da widerspreche ich Ihnen nicht, General.«

»Die Biden-Administration ist geradezu pathologisch besessen, Israel zu untergraben. Der größte Skandal ist meines Erachtens, dass Biden Ihren Ministerpräsidenten noch nicht einmal nach Washington eingeladen hat.«

»Auch das stimmt.«

»Das sehen Sie auch daran, wie die US-Administration auf die Ankündigung Ihres Ministerpräsidenten, viertausend neue Wohneinheiten im Westjordanland zu bauen, reagiert hat.«

»Was nach internationalem Recht völlig legal ist.«

»Selbstverständlich ist Ihr Siedlungsbau völlig legal! Aber was ich sagen will: Israel kann gar keinen Präventivschlag ausführen, so lange es nicht grünes Licht von den Amerikanern bekommt. Und was die Russen betrifft: Die sind zwar gerade in einen Krieg mit der Ukraine verwickelt, aber sie sind in dieser Region präsent, und sie sind eine Supermacht, und sie verfügen auch über die Fähigkeiten einer Supermacht. Wenn Israel präventiv gegen die Hisbollah oder direkt gegen den Iran vorgeht, dann ist es in einer extrem schlechten Ausgangssituation. Ich bezweifle ganz stark, dass Israel dann noch auf amerikanische Unterstützung zählen kann.«

»Das sehe ich genauso, General«, stimmte Halon dem Geheimdienstchef zu. »Große Sorge bereitet uns auch China. Die Chinesen haben großes Interesse an dieser Region, und sie steuern den Iran wirtschaftlich. Das ist alles sehr, sehr kompliziert, kostspielig und kaum zu lösen. Ich denke, wir brauchen ganz neue Konzepte, eine visionäre militärische Führung und vor allem politische Stabilität.«

Gegen dreiundzwanzig Uhr war der Raum völlig verqualmt. Liat, die die meiste Zeit nur zugehört hatte, stand auf, bedankte sich für das köstliche Abendessen und wünschte den Herren eine gute Nacht. Sie stand bereits in der Tür, als sie sich noch einmal umdrehte: »Wann geht's morgen früh los?«

»Um fünf«, sagte der General. »Ich möchte nicht in den Beiruter Morgenverkehr kommen.«

»Gut, ich werde pünktlich sein.«

Sie verließ den Raum, schloss die Tür hinter sich und ging hoch auf ihr Zimmer.

Catroux zündete sich die nächste Zigarette an. »Ist Ihnen aufgefallen, dass Ihre Begleiterin heute Abend so gut wie kein Wort gesprochen hat?«

»Das ist auch nicht ihre Aufgabe«, sagte Halon.

Die Männer unterhielten sich noch bis kurz nach Mitternacht. General Catroux nahm einen letzten Schluck Wein und sagte dann: »Ich möchte, dass wir bestimmte Einsatzregeln festlegen.«

»Zum Beispiel?«

»Sie teilen alle Informationen mit mir, so wie ich meine mit Ihnen geteilt habe.«

»Einverstanden.«

Am nächsten Morgen verließ die Wagenkolonne das Anwesen gegen fünf Uhr. Es war noch dunkel. Die Sonne würde erst in einer halben Stunde aufgehen. Der Generalmajor hatte gesagt, dass sie zum Beiruter Hafen fahren und dann in ein anderes Fahrzeug umsteigen würden.

Um Viertel vor sechs waren sie in Sidon. Ab da wurden die Straßen besser.

Halon rief seine Tochter Ronit an und sagte ihr, dass sie ihn am frühen Vormittag erwarten solle.

***

Beirut – Die Wagenkolonne fuhr direkt zum Beiruter Hafen. Der lag noch zur Hälfte in Trümmern. Das war die Folge der schweren Explosion vom 4. August 2020, bei der 2750 Tonnen Ammoniumnitrat in die Luft geflogen waren und schwerste Schäden im Zentrum Beiruts verursacht hatten.

Von der Rue Émir Majid Arslan kommend, bog die Wagenkolonne nach links ab, direkt in das Trümmerfeld, also jenen Teil des Hafens, wo sich außer ein paar Ratten garantiert niemand herumtrieb.

In einer Straße, die es besonders schwer getroffen hatte und in der nur noch ausgebrannte Ruinen zu sehen waren, parkte ein grauer Mercedes Diesel. Ein Mann, Mitte vierzig, in Jeans und T-Shirt stand rauchend daneben.

Catroux‹ Wagenkolonne verlangsamte ihr Tempo und hielt direkt neben dem Fahrzeug.

Der Mann warf seine Zigarette fort.

General Catroux stieg aus und ging zu dem Range Rover, in dem Halon und Liat saßen.

Halon öffnete die Tür. »Was machen wir hier?«, fragte er.

»Sie und Ihre Begleiterin wechseln das Fahrzeug. Der Fahrer wird Sie in der Nähe Ihres sicheren Hauses absetzen.«

Catroux wechselte mit dem Fahrer des grauen Mercedes ein paar Worte auf Arabisch. Der ging umgehend zu Halons Range Rover, öffnete dessen Heckklappe, nahm die beiden Gepäckstücke heraus und lud sie in den Kofferraum des grauen Mercedes.

»Weiß er, wo er uns hinbringen soll?«, fragte Halon.

»Der Mann weiß gar nichts«, sagte Catroux. »Ich habe ihm nur gesagt, dass er sie an der St-Georgs-Kathedrale absetzen soll. Ab da sind Sie für sich selbst verantwortlich.«

»Okay«, erwiderte Halon. Den Stadtplan von Beirut hatte er halbwegs im Kopf. Von der Kathedrale bis zur sicheren Wohnung war es nicht allzu weit. Sie würden zu Fuß gehen.

Sie sanken auf die Rücksitze des Mercedes.

»Ich wünsche Ihnen eine gute Fahrt«, verabschiedete sich der General durch das geöffnete Seitenfenster des Mercedes. Dann wandte er sich zusätzlich an Liat: »Und Sie, gnädige Frau, legen bitte Ihren Hijab an. Der Libanon ist zwar ein überwiegend christliches Land, aber sicher ist sicher.«

»Vielen Dank«, entgegnete Halon.

Der Mercedes fuhr an.

»Hätte er uns nicht einen etwas aufregenderen Wagen zur Verfügung stellen können?«, nörgelte Liat, während sie sich den Hijab um den Kopf schlang.

»Unauffälligkeit ist in unserer jetzigen Situation wohl die bessere Option.«

Durch die versteckt angebrachte Überwachungskamera an ihrem Haus sah Ronit, dass ihr Vater und seine kopfverschleierte Begleiterin unten vor der Haustür standen. Sie drückte den Knopf neben der Wohnungstür.

Die Haustür surrte. Halon stieß sie auf.

Die Agenten durchquerten die Eingangshalle, verzichteten auf den Aufzug und nahmen stattdessen die Treppe.

Ronit erwartete sie im dritten Stock.

»Shalom.«

Ronit fiel ihrem Vater noch in der Tür um den Hals.

»Shalom, Aba.« Sie hatte ihn seit Monaten nicht gesehen.

Halon stellte ihr seine Begleiterin vor und trat ein. Liat folgte ihm. Die beiden Gepäckstücke stellte er vor der Garderobe ab.

Kaum hatte sich die Tür hinter ihnen automatisch wieder verriegelt, fragte Ronit: »Habt ihr schon gefrühstückt?«

»Nein, wir haben einen Bärenhunger.«

»Sehr gut, ich habe auch noch nichts im Magen. Dann mache ich mich sofort an die Arbeit.«

»Kann ich dir helfen?«, fragte Liat.

»Gern.«

»Und ich muss telefonieren«, sagte Halon. Er zündete

sich eine Zigarette an, ging ins Wohnzimmer und schloss die Tür hinter sich.

Liat folgte Ronit in die Küche.

»Lass mich kochen«, sagte Ronit. »Ich weiß, was meinem Vater am besten schmeckt. Du kannst aber Kaffee kochen und den Tisch decken. Geschirr und Besteck sind dort drüben.« Dann holte sie Pfannen und Olivenöl aus dem Schrank, öffnete den Kühlschrank, holte Eier, Zwiebeln, Tomaten, Sardinen und Lachs hervor und machte sich an die Arbeit.

»Es ist mir eine Ehre, nicht nur mit dem berühmten Avi Halon zusammenarbeiten zu dürfen, sondern jetzt auch noch seine Tochter kennenzulernen«, sagte Liat, während sie Geschirr und Besteck aus dem Geschirrschrank hervorkramte.

»Danke. Wie lange bist du schon dabei?«, fragte Ronit.

»Seit sechs Jahren.«

»Oh, das ist viel. Wie alt bist du denn?«

»Achtundzwanzig. Und du?«

»Sechsundzwanzig.«

»Was hast du vorher gemacht?«

»Das Übliche. Nach der Militärzeit ein paar Monate Studium in Yale. Politische Wissenschaften. War ein großer Fehler.«

»Wieso?«

»Weil die dort alle links sind. *Alle.* Nicht nur die Studenten, auch die Professoren. Vor allem die Professoren. Und der Antizionismus breitet sich dort aus wie Krebs. Ich habe das einfach nicht mehr ausgehalten.«

»Und dann bist du nach Israel zurückgekehrt?«

»Ja. Ich bewarb mich als Mitarbeiterin des Nachrichtendienstes der Armee.«

»Einheit 8200?«

»Ja. Die haben mich auch sofort genommen. Bevor ich mich dann beim Mossad bewarb, diente ich in einer weiteren geheimen militärischen Aufklärungseinheit.«

»Es gibt eine zweite?«, fragte Liat erstaunt.

»Ja, aber die ist so geheim, dass ich ihren Namen nicht nennen darf.«

»War bestimmt aufregend.«

»Ja, du weißt dann immer aus erster Hand, was los ist. Die intime Bekanntschaft, die du mit dem Gegner in Bezug auf Sprache, Kultur und Verständnis der Denkweise hast, ist unvorstellbar.«

»Das glaube ich dir aufs Wort. Was war denn deine größte Herausforderung?«

Ronit überlegte. Schließlich sagte sie: »Die größte Herausforderung in meinem Job war Verantwortung. Bei all den vielen Informationen, die du hast, musst du so schnell wie möglich das Wesentliche erfassen, also jene Informationen, die vor Terroraktivität warnen. Du musst im Voraus darüber nachdenken, was du damit machst, um einen Angriff oder die Stärkung eines Gegners zu unterdrücken. Um erfolgreich zu sein, brauchst du Neugier, Leidenschaft für die Sprache, in der du arbeitest, und natürlich eine Verbindung zu unserem gewaltigen Datenbestand.«

»Genau. Die beste Waffe ist nicht das Gewehr oder die Bombe. Die beste Waffe ist die Kontrolle über die Informationen. Damit kann man alle Menschen auf der Welt kontrollieren.«

»Natürlich. Zu wissen, dass meine Arbeit dazu beitrug, Schaden von Menschen abzuhalten, motivierte mich jeden Tag, weiterzumachen und meine Arbeit auf die beste Art und Weise auszuführen. Am Ende des Tages bestand meine größte Zufriedenheit darin, zu wissen, dass meinetwegen etwas Gutes passiert ist.«

»Und jetzt dienst du dem Büro.«

»Ja.«

»Wie lange schon?«

»Ach, erst seit drei Monaten.«

»Und die haben dich gleich in den Libanon geschickt?«

»Die haben mich natürlich zuerst gefragt, ob ich einverstanden bin.«

»Und du hast sofort zugestimmt.«

»Klar … Gewundert hat mich das schon. Ich habe nämlich noch gar keine richtige Ausbildung, nur eine Schnellschulung.«

Liat legte die Stirn in Falten. »Das ist echt seltsam. Wie kannst du ohne fundierte Ausbildung einen dermaßen verantwortungsvollen Job in Beirut bekommen?«

»Keine Ahnung. Vielleicht haben sie sich gesagt: Ronit ist die Tochter von Avi Halon, die hat das im Blut.«

Liat schaute Ronit prüfend an. »Welcher Lehrer hat dir denn am besten gefallen?«

Ronit musste lachen. »Eli Herzog natürlich. Eli sagte uns gleich am ersten Tag: ›*Wenn ich bei einem von euch das Gefühl habe, dass er sich politisch korrekt ausdrücken will, dann hat er bei mir verschissen. Er wird definitiv durch die Prüfung fallen. Political Correctness ist was für Loser, für gehirngewaschene Zombies. Die brauchen wir hier nicht. Wir brauchen Menschen mit klarem Verstand, Menschen, die die Dinge beim Namen nennen* … So in der Art hat er gesprochen.« Dabei hatte sie den Tonfall von Eli Herzog fast perfekt imitiert.

Liat musste jetzt ebenfalls lachen. »Ja, Eli ist geil. Du kannst ihn sehr gut imitieren.«

»Danke. Das Essen ist in fünf Minuten fertig. Du kannst schon mal meinen Vater rufen.«

»Es wäre mir lieber, wenn du das übernehmen würdest. Ich weiß nicht, ob ich ihn jetzt stören kann. Dein Vater telefoniert bestimmt mit dem Chef der Operationsabteilung.«

»Wahrscheinlich. Im Moment ist aber auch extrem viel los.«

»Das stimmt. Ich habe einen Freund beim Shin Bet. Der hat mir gesagt, dass sie in Judäa und Samaria gerade eine Terrorgruppe neuen Typs identifiziert haben. Der Shin Bet nennt sie die Gen-Z. Die wurden alle online rekrutiert …«

»Also nicht mehr wie früher über die Moschee, sondern übers Smartphone.«

»Richtig. Und hinter dieser gewalttätigen Gruppe haben sie, wie könnte es anders sein, den langen Arm des Iran identifiziert. Die jungen Palästinenser werden systematisch aufgehetzt und mit Geld versorgt. Man gibt ihnen nicht nur Waffen, sondern auch Know-how. Iran ist der Financier, Ausbilder und Exporteur des Terrors gegen Israel.«

Das Gespräch zwischen Halon und Ben-Zvi hatte fünfzehn Minuten gedauert. Halon verließ das Wohnzimmer und gesellte sich zu den Frauen in der Küche.

»Das duftet ja herrlich.«

»Spanisches Frühstück«, sagte Ronit. »Das liebst du doch. Reichhaltig und gesund.«

»Und der Kaffee?«

»Gibt's auch reichlich«, sagte Liat.

Halon setzte sich zu den Frauen an den Tisch, und während Liat ihm Kaffee einschenkte, wünschte er ihnen einen guten Appetit.

»Hast du Aryeh kontaktiert?«, fragte Liat.

»Ja, ich habe ihn über unser Gespräch mit General Catroux informiert.«

»Und?«

»Es gibt Neuigkeiten.«

»Welcher Art?«

»Der *memuneh* hat entschieden, die zyprischen Sicherheitsbehörden über die geplanten Anschläge auf Israelis zu informieren.«

»Ist das nicht ein bisschen früh?«, wollte Ronit wissen.

»Schwer zu sagen. Ich habe noch nie mit Zyprern zusammengearbeitet, aber ich denke, dass sie jetzt verdeckte Ermittlungen aufnehmen werden.«

»Und wenn die Iraner einen Spitzel im zyprischen Sicherheitsapparat haben? Dann werden sie doch gewarnt.«

»Das ist richtig, so was kann man niemals ausschließen. Deshalb hat der *memuneh* entschieden, dass jeder unserer Staatsbürger, der sich gerade auf der Insel aufhält, gewarnt und gegebenenfalls evakuiert wird.«

»Das ist doch erst recht auffällig.«

»Natürlich, aber es könnte trotzdem klappen. Vielleicht erinnerst du dich noch, dass wir vor zwei Jahren einen ähnlich gelagerten Fall hatten. Die Revolutionsgarde hatte damals einen russisch-aserbaidschanischen Auftragskiller angeheuert, um israelische Geschäftsleute auf Zypern zu töten. Wir deckten das Komplott rechtzeitig auf. Der Milliardär Teddy Sagi und andere wurden damals nach Israel evakuiert.«

»Ja, ich erinnere mich noch sehr gut daran.«

***

Limassol, Südzypern – Yousef Shahbazi Abbasalilu war einundvierzig Jahre alt, sah aber mindestens zehn Jahre älter aus. Er war von korpulenter Statur, hatte ein nichtssagendes, aufgeschwemmtes Gesicht und die Oberarme eines Preisboxers. Er war seit Jahren einer der wichtigsten Auftragskiller der Abteilung 800 innerhalb der iranischen Revolutionsgarde, hätte aber auch jederzeit als Straßenhändler in irgendeiner Teheraner Straße durchgehen können. Seine kognitiven Fähigkeiten waren nicht sehr ausgeprägt, und seine bisherigen Vorgesetzten hatten ihm ausnahmslos einen IQ von deutlich unter 100 bescheinigt. Was durchaus von Vorteil war, denn Yousef hatte nicht nur ein kindliches Gemüt, sondern machte auch immer genau das, was man ihm sagte. Vielleicht war dies der Grund, weshalb er bis jetzt noch nie einen Auftrag vermasselt hatte und weshalb ihn sein aktueller Betreuer und unmittelbarer Vorgesetzter, Hassan Shoushtari Zadeh, für diesen Auftrag ausgewählt hatte.

Hassan Shoushtari Zadeh war ein hochrangiger Offizier der Abteilung 800, zuständig für Terroranschläge im Ausland. Er hatte Yousef genau erklärt, was er auf Zypern tun sollte. »Du wirst in Nordzypern ankommen. Dort erwartet dich ein Mann, der dich in den Süden schmuggeln wird.

Wir haben in Südzypern eine pakistanische Zelle, Leute, denen ich vertraue und die dich unterstützen werden. Du musst für mich eine sehr wichtige Operation ausführen. Die Pakistaner werden dir die Waffen aushändigen.«

Daraufhin hatte Yousef ein Foto der Zielperson erhalten sowie die GPS-Daten, wo die Zielperson wohnte.

Für den heutigen Abend hatte Yousef den Tod der Zielperson geplant. Ihr Bewegungsprofil hatte er zwei Wochen lang sorgfältig studiert. Er wusste, wann sie morgens ihr Haus verließ und wann sie spät in der Nacht zurückkehrte. Der Mord sollte an einem abgelegenen Ort geschehen.

Während Yousef nun in seinem Versteck auf das Eintreffen der Zielperson lauerte, ließ er die letzten beiden Wochen vor seinem geistigen Auge Revue passieren. Alles war genau so gelaufen, wie es sein Betreuer gesagt hatte. Vor zwei Wochen war er, mit der 20-Uhr-Maschine der Turkish Airlines aus Istanbul kommend, auf dem Flughafen Ercan im türkisch besetzten Teil der Insel gelandet. Nachdem er seinen Rollkoffer in Empfang genommen hatte, war er in die glitzernde Empfangshalle gegangen, um nach der Chanel Boutique Ausschau zu halten, die ihm als Treffpunkt genannt worden war. Sein Betreuer hatte ihm nämlich gesagt, dass er abgeholt werden würde. Wie vereinbart, hatte dort sein Kontaktmann in einem blauen T-Shirt auf ihn gewartet. Er hatte dem Mann das vereinbarte Codewort genannt. Daraufhin hatte sich der Mann wortlos von ihm abgewandt und war in Richtung Ausgang gegangen. Mit einigem Abstand war er seinem Kontakt bis zu den Parkplätzen gefolgt. Vor einem grauen Volkswagen T6 Multivan war der Mann schließlich stehengeblieben.

Als er ihn erreicht hatte, hatte der Mann die Schiebetür des Fahrzeugs geöffnet und ihm in gebrochenem Englisch erklärt: »*Ich bin Mustafa. Mein Auftrag lautet, dich in den griechischen Teil der Insel zu schmuggeln.*« Dann hatte er eine Klappe unter der Rückbank geöffnet. »*Dies wird in den nächsten sechzig Minuten dein Versteck sein. Platz genug für dich und dein Gepäck. Sobald wir die Pufferzone zwischen Norden und Süden durchquert haben, kannst du dein Versteck wieder verlassen.*« »Wohin bringst du mich?«, hatte Yousef gefragt, während Mustafa ihm behilflich war, ihn und seinen Rollkoffer in das Versteck zu schieben. »*Ich bringe dich zu deinem Kontaktmann in der Nähe von Limassol.*« Dann hatte Mustafa die Schiebetür zugeschmissen, war auf den Fahrersitz geklettert und losgefahren. Nachdem sie die von den Friedenstruppen der Vereinten Nationen verwaltete »Grüne Linie« problemlos durchquert hatten, hatte Yousef sein Versteck wieder verlassen können. Gegen Mitternacht hatten sie ein abgelegenes Gehöft östlich des stark frequentierten Badeortes Limassol erreicht. Nachdem sie ausgestiegen waren, wurden sie von einem Pakistaner in Empfang genommen, der das Gehöft bewohnte. Der Pakistaner hatte Mustafa ein paar Scheine in die Hand gedrückt, sich von ihm verabschiedet und sich anschließend um Yousef gekümmert. Yousef war jetzt offiziell der Leiter eines Killerkommandos, das sich aus einer pakistanischen, einer libanesischen und einer iranischen Terrorzelle zusammensetzte. Yousef hatte auch Kontakt zu drei örtlichen iranischen Geheimdienstmitarbeitern aufgenommen, die ihm bei der Beschaffung von Waffen, Kommunikationsausrüstung und der Beförderung zu dem Ort, an dem sich die israelische Zielperson aufhielt, geholfen hatten. In den letzten beiden Wochen hatte er das Haus der Zielperson mehrmals besucht, um Fotos zu machen und Informationen über die dortigen Sicherheitsmaßnahmen zu sammeln.

Um 17 Uhr 20 erhielt Yousef den verschlüsselten Anruf seines Betreuers Hassan Shoushtari Zadeh.

»Die Polizei sucht nach dir. Du musst sofort über Istanbul in den Iran zurückkehren.«

»Geben Sie mir noch zwei oder drei Stunden, Hassan. Ich muss zuerst meinen Job erledigen.«

»Ich sagte: sofort. Sie haben von deinen Plänen erfahren. Als Erstes musst du die Waffe loswerden.«

»Verstanden«, willigte Yousef widerwillig ein. In seiner Stimme schwang ein hohes Maß an Enttäuschung mit.

»In einer Stunde wirst du abgeholt. Der Fahrer ist bereits auf dem Weg zu dir.«

Yousef tat das, was er immer tat: Er gehorchte. Er suchte einen abgelegenen Ort, wickelte seine Waffe in sein Taschentuch und versteckte sie anschließend in einem Loch, das er mit Sand zuschüttete.

Dann ging er zu dem Ort, den Shoushtari Zadeh ihm genannt hatte, um auf das Eintreffen des Fahrers zu warten.

***

Die fünfköpfige pakistanische Terrorzelle war nicht gewarnt worden. Ein SWAT-Team der zyprischen Polizei hatte kurz nach Mitternacht das abgelegene Gehöft von allen Seiten umstellt und eine Tränengasgranate durch ein Fenster geschossen. Die GPS-Daten hatten sie von der israelischen Eliteeinheit 8200 erhalten, die sich das Material wiederum vom Smartphone des Brigadegenerals Assadollah Afkhami besorgt hatte. Die Pakistaner begriffen den Ernst ihrer Lage sofort. Hustend und mit erhobenen Händen kamen sie aus ihrem Schlupfloch und ließen sich widerstandslos festnehmen.

***

Tel Aviv – Der israelische Geheimdienstchef kam gerade von einer Sitzung des Sicherheitskabinetts in Jerusalem zurück. Er marschierte direkt in den Besprechungsraum, wo ihn Aryeh Ben-Zvi bereits erwartete.

»Schieß los«, sagte Dahan, während er sich an das Kopfende des Tisches setzte.

»Die Zyprer haben die pakistanische Zelle ausgehoben.«

»Wann?«

»Letzte Nacht.«

»Wie viele Leute umfasste die Zelle?«

»Fünf. Sie werden gerade vor Ort verhört. Der zyprische Innenminister hat uns das Videomaterial der Helmkameras des SWAT-Teams heute Morgen zur Verfügung gestellt.«

»Sehr gut. Und die iranische und die libanesische Zelle?«

»Darüber liegen uns bis jetzt noch keine Informationen vor. Ich bezweifle auch, dass die Pakistanis Kenntnis von der zweiten und dritten Zelle haben.«

»Halt mich auf dem Laufenden, Aryeh. Wenn die Zyprer bis morgen keine brauchbaren Ergebnisse liefern, schicken wir ihnen unsere eigenen Verhörspezialisten.«

»Okay. War das auch schon Thema in der heutigen Kabinettssitzung?«

»Ja. Bibi hat sich gleich nach dem aktuellen Stand der Dinge erkundigt, ich konnte ihm diesbezüglich aber noch nicht viel bieten. Außerdem weiß er, dass wir so gut wie nie über eine Operation sprechen, solange sie noch läuft. Er hat aber verstanden, worum es geht. Er weiß, dass der Iran die Fäden zieht und dass diesmal sehr viel auf dem Spiel steht. Er wurde dann auch ziemlich deutlich. Er sagte sinngemäß: Die iranische Führung muss verstehen, dass Angriffe gegen Israel oder Israelis, direkt oder indirekt durch Stellvertreter, mit schmerzhaften Maßnahmen gegen die Verantwortlichen auf iranischem Boden beantwortet werden. Wir werden nicht die Stellvertreter verfolgen, sondern diejenigen, die sie bewaffnet und die Befehle erteilt haben, und das wird im Iran geschehen.«

»Das ist deutlich.«

»So muss es auch sein. Wenn die Verantwortlichen nicht mit aller Entschiedenheit für terroristische Handlungen zur Rechenschaft gezogen werden, dann wird ihnen ein Freibrief für die Fortsetzung ihrer Aktivitäten erteilt.«

»Das sieht wohl jeder hier so.«

»Bibi und Yoav haben dann noch mal unterstrichen, dass wir für einen Angriff auf den Iran dringend amerikanische Betankungsflugzeuge benötigen. Die Biden-Administration macht allerdings keinerlei Anstalten, uns die Flugzeuge vor 2025 zu liefern. Somit kann im Moment niemand ausschließen, dass wir allein handeln müssen, sobald der Iran eine bestimmte Schwelle der Urananreicherung überschreitet. Die IDF trainieren seit Jahren für diesen Fall der Fälle. Yoav sagte, dass sie für den Fall, dass Israel allein handeln muss, über einige ziemlich unkonventionelle Lösungsansätze verfügen. Große Sorge bereitet uns natürlich die aktuelle innere Spaltung im Land. Es wäre also der ungünstigste Zeitpunkt für einen Krieg.«

»Und Biden gießt zusätzlich Öl ins Feuer, indem er ständig kritische Kommentare über Bibi abgibt«, ergänzte Ben-Zvi.

»Selbstverständlich können sich Verbündete gegenseitig kritisieren, Aryeh, aber das muss dann Face to Face und hinter verschlossenen Türen geschehen. Biden demütigt ihn aber grundsätzlich öffentlich. Bibi hat in den letzten Monaten nichts als Demütigung und Respektlosigkeit erfahren.«

»Glaubst du, dass das bei ihrem Treffen im Herbst anders sein wird?«

»Du meinst das Treffen, das nach der UN-Hauptversammlung am 18. und 19. September stattfinden soll.«

»Ja.«

»Das kann ich im Moment nicht sicher beurteilen, es sind ja noch drei Monate bis dahin.« Dahan wurde nachdenklich. »Bisher herrschte in den USA, was die Unterstützung Israels betrifft, ein parteiübergreifender Konsens. Aber jetzt gibt es Attacken. Die Demokraten hetzen mittels der *New York Times* und die Republikaner durch das *Wallstreet Journal*. Innerhalb der Demokratischen Partei gibt es eine ständig wachsende Gruppe, die israelfeindlich gesinnt ist. Ihre Intention ist ganz klar. Sie wollen einen Keil zwischen die USA und Israel treiben. Die amerikanischen Juden merken das schon seit langem. Sie fühlen, dass sie im Fadenkreuz stehen.«

»Habt ihr auch über den Stand eines neuen Atomabkommen gesprochen?«, wollte Ben-Zvi wissen.

»Selbstverständlich. Ich habe den Kabinettsmitgliedern
gesagt, dass die Gerüchte, dass ein Abkommen zwischen
den USA und Iran kurz bevorsteht, einfach falsch sind. Es
ist keinerlei Einigung in Sicht.«

»Als Trump Präsident war, gab es keinerlei Terror in
Israel. Der Terror fing erst wieder unter der Biden-Administration an.«

»Ja, das ist definitiv so. Immer wenn die Amerikaner
vorgeben, eine Sache zu deeskalieren, tun sie in Wirklichkeit das Gegenteil. Aktuell schadet Amerika uns mehr, als
dass es uns hilft. Biden gibt den Feinden zwei Milliarden Dollar, weil er unbedingt eine Zwei-Staaten-Lösung
will. Er gibt das Geld in die Hände von Terroristen. Das
heißt: Achthunderttausend Juden haben zurzeit nicht
die Rückendeckung Amerikas. Die Amerikaner zahlen
zwei Milliarden Dollar, um achthunderttausend Juden
aus ihrem angestammten Heimatland zu vertreiben und
einen weiteren arabischen Staat zu schaffen … Yoav hat
uns übrigens ausdrücklich gelobt, weil es uns gelungen ist,
Krypto-Vermögen von Irans Quds Force und Hisbollah in
Millionenhöhe zu beschlagnahmen.«

Die IRGC Quds Force war der iranische Elitegeheim-
dienst für Terror, Spionage und das Schüren von Unruhen
im Ausland.

»Und wie hast du reagiert?«

»Ich habe mich für die Lorbeeren bedankt, ihm aber
auch klar zu verstehen gegeben, dass *er* damit an die
Öffentlichkeit gehen soll, nicht wir. Außerdem haben
wir diese Operation nicht allein gestemmt. Wir haben

eng mit der Abteilung des Verteidigungsministeriums für wirtschaftliche Kriegsführung gegen den Terror zusammengearbeitet, außerdem mit dem Aman, der Polizei und anderen Behörden. Wie du weißt, hat das Justizministerium eine spezielle Abteilung für die Bekämpfung der Terrorfinanzierung. Und gemeinsam haben wir neue technologische Instrumente genutzt, um Terrorfinanziers aufzuspüren und neue Techniken zu entwickeln, um ihre Geldbewegungen zu verschleiern.«

»Yoav war von deinem Vorschlag, allein vor die Fernsehkameras treten zu dürfen, wahrscheinlich begeistert.«

»Klar. Er war natürlich sofort einverstanden, weil er weiß, dass seine Position beim Generalstab erst noch gefestigt werden muss.«

»Soviel ich weiß, war das auch die bisher größte Beschlagnahmung von Kryptowährung bei diesen Gruppen.«

»Ja, wir hatten keine andere Wahl. Kryptowährungsgelder werden ausschließlich zur Finanzierung von Terror verwendet. Kryptowährungen sind ein Segen für Terrorgruppen und andere illegale Organisationen, da sie es ihnen ermöglichen, strengere Bankvorschriften und Verfolgungsmechanismen zu umgehen. Ich habe zu Yoav gesagt: ›Wenn du an die Öffentlichkeit gehst, musst du aber auch sagen, dass diese Gelder speziell für Terrorzwecke bestimmt waren‹.«

»Was war noch Thema?«

»Wir haben lang und breit über den aktuellen Zustand der Palästinensischen Autonomiebehörde diskutiert, vor allem die Frage, wie wir weiter mit ihr umgehen wollen. Allen ist klar, dass, wenn wir nichts tun, der Verein wegen seiner nicht mehr zu steigernden Korruption von selbst in sich zusammenfallen wird. Die Mehrheit der Kabinettsmitglieder verlangt, dass wir der PA den ultimativen Arschtritt verpassen, aber Bibi, Yoav und ich haben uns dagegen ausgesprochen. Wenn wir die PA fallen lassen, dann werden sich Judäa und Samaria umgehend in ein zweites Gaza verwandeln. Das entstehende Machtvakuum würde binnen weniger Wochen von der Hamas oder einem anderen iranischen Proxy ausgefüllt. Und das kann kein vernünftiger Mensch wollen. Du weißt, wie es dem Gazastreifen ergangen ist, als Scharon 2004 den Befehl erteilte, alle jüdischen Siedlungen in Gaza zu räumen.«

»Klar. Das werden die anderen Kabinettsmitglieder aber bestimmt nicht unwidersprochen hingenommen haben. Jeder weiß doch, dass die PA die Gehälter ihrer Beamten gekürzt hat, aber jedes Jahr 170 Millionen Dollar an Terroristen auszahlt.«

»Die 170 Millionen sind nur unsere offizielle Verlautbarung. In Wahrheit ist es noch viel schlimmer: Der genaue Betrag liegt bei ungefähr 280 Millionen.«

»Ich weiß, dass die PA unter Mahmud Abbas unser jüdisches Kernland in einen Schweinestall verwandelt hat«, sagte Ben-Zvi. »Seit seiner Machtübernahme im Jahre 2005 sind die christlich-arabischen Palästinenser in Massen aus der PA geflüchtet. Vor dreißig Jahren bestand zum Beispiel die Bevölkerung von Bethlehem zu mehr als neunzig Prozent aus Christen, und heute sind es weniger als zehn Prozent. Der Rest hat Asyl in anderen Ländern beantragt. Diejenigen die bleiben, müssen ihre Identität geheim halten und leben in ständiger Angst. Jeder weiß, dass die PA uns auf diplomatischer Ebene unablässig diskreditiert. Jeder weiß, dass die PA die palästinensischen Kinder rund um die Uhr zum Hass erzieht. Und trotzdem will Bibi die PA weiterhin unterstützen.«

»Ja, den Grund habe ich dir ja gerade genannt«, sagte Dahan. »Wir wollen kein zweites Gaza. Glaub mir, unsere Unterstützung für die PA ist eindeutig die bessere Option.«

»Hat sich Bibi irgendwie dazu geäußert, wie er künftig mit der Biden-Administration umgehen will?«

»Nein, aber Biden will in den nächsten Tagen wieder F-35 und F-16-Kampfjets in die Region schicken, zusätzlich zu den A-10-Warzenschweinen, die hier sowieso ständig stationiert sind. Angeblich als Warnung und Botschaft an den Iran, um den Iran davon abzuhalten, die Schifffahrt in der Region des Persischen Golfs zu vereinnahmen.«

»Was soll das bringen? Diese amerikanischen Machtdemonstrationen haben wir in den letzten Monaten doch schon oft gesehen.« Dem Chef der Operationsabteilung war seine Wut deutlich anzusehen. »Jedes Mal sollte es ein Signal an den Iran sein, sich zurückzuziehen, und jedes Mal hat der Iran mit seinen Provokationen weitergemacht. Keines dieser Signale hat bisher funktioniert. Und warum nicht? Die Antwort ist relativ einfach. Der Iran weiß ganz genau, dass es die Biden-Administration nicht ernst meint. Die Amerikaner haben auf geradezu peinlichste Art und Weise mehrere Versuche unternommen, eine Neuauflage des Atomdeals hinzukriegen. Du kannst dir vorstellen, wie die Iraner das interpretieren.«

»Klar«, bestätigte ihn der Mossadchef. »In der Wahrnehmung des Iran heißt das: Die Amerikaner haben uns angebettelt. Die Yankees sind bereit, uns Milliarden von Dollar und Sanktionserleichterungen zu bewilligen, während wir weiterhin Chaos in den Gewässern des Nahen Ostens anrichten, US-Stellungen im Irak und in Syrien angreifen, Israel provozieren und unsere Stellvertreter rund um Israel herum mit Waffen ausstatten.«

»Genau. Wir nähern uns also in Windeseile dem Punkt, wo wir wahrscheinlich ohne jede Unterstützung allein gegen den Iran vorgehen müssen. Was Biden macht, ist genau das Falsche. Er sendet allen Feinden Israels und allen Feinden der USA das Signal, dass Israel und die USA geteilt sind.«

»Ja. Es ist einfach unfassbar, wie sehr Biden Bibi brüskiert hat, in dem er CNN sagte, Netanyahu sei eine polarisierende Figur. Jeder in Israel weiß, dass Bibi während seiner gesamten politischen Tätigkeit niemals polarisiert hat, sondern immer Menschen zusammengebracht hat und immer Regierungen angeführt hat, in denen Parteien mit gegensätzlichen Ansichten vertreten waren ...«

In diesem Moment brummte Ben-Zvis Smartphone.

Er schaute aufs Display und sagte: »Einheit 8200«.

Dahan nickte, was so viel heißen sollte wie: Nimm den Anruf entgegen. Ist wichtig.

Ein Offizier der Einheit 8200 teilte dem Chef der Operationsabteilung mit, dass Hassan Nasrallah, der Generalsekretär der Hisbollah, vor wenigen Minuten einen Anruf von Brigadegeneral Assadollah Afkhami erhalten hatte. Afkhami hatte Nasrallah mitgeteilt, dass die Operation abgebrochen werden musste, weil die zyprische Polizei die pakistanische Zelle ausgehoben hatte. Nasrallah hatte sich gegen einen Abbruch ausgesprochen, weil er der Ansicht war, dass die iranische und die libanesische Zelle die Operation auch ohne die Unterstützung durch die pakistanische Zelle durchführen konnten. Daraufhin hatte Afkhami ihm gesagt, dass sich der Leiter des Killerkommandos, Yousef Shahbazi Abbasalilu, bereits auf dem Flug nach Teheran befände.

»Perfekt«, lachte Ben-Zvi in sein Smartphone. »Was konnte uns Besseres passieren, als dass dieser Dummkopf einen Namen nennt.« Dann bedankte er sich bei dem Offizier. »Besorgen Sie mir so schnell wie möglich ein Foto dieses Mannes. Ich will wissen, in welcher Maschine er sitzt und wann sein Flugzeug in Teheran landet. Wir haben eine PARAS-Einheit in der Nähe.«

Der Offizier sagte zu, dass er die geforderten Informationen umgehend besorgen würde.

»Was hast du jetzt vor?«, fragte Dahan.

»Unsere PARAS-Einheit vor Ort wird den Mann von dem Augenblick an beschatten, an dem seine Maschine in Teheran landet. Ich will wissen, wo und wie er lebt. Sobald wir uns sicher sind, greifen wir zu. Und wenn wir den Leiter des Killerkommandos haben, kriegen wir auch den Rest an die Eier.«

Die PARAS-Einheit war eine hochqualifizierte Spezialeinheit des Mossad, die für Geheimoperationen, Terrorismusbekämpfung, verdeckte Operationen, Geiselbefreiung und irreguläre Kriegsführung sowie für die Durchführung von risikoreichen Festnahme- und Durchsuchungsbefehlen im Iran eingesetzt wurde. Ihre Mitglieder trugen keine Uniformen. Sie waren gekleidet wie ganz normale Iraner und durften ihre Zugehörigkeit zu der Organisation nicht preisgeben. Im Grunde waren sie ein Abbild der YAMAS-Einheit des israelischen Inlandsgeheimdienstes Shin Bet und genau so aufgebaut. Aber während YAMAS nur im Inland operieren durfte, speziell im jüdischen Kernland, operierte die PARAS-Einheit ausschließlich im Iran, dem Kopf der Schlange. Der einzige Unterschied bestand darin, dass die Männer der YAMAS wie ganz normale Araber gekleidet waren und die Männer der PARAS-Einheit wie ganz normale Iraner.

»Halte mich auf dem Laufenden«, sagte Dahan und verabschiedete sich.

Der Generaldirektor des Mossad hatte den Besprechungsraum gerade verlassen, als Ben-Zvi über eine abhörsichere Leitung den Kommandeur der PARAS-Einheit anwies, seine Leute in der Nähe des Teheraner Flughafens umgehend in Alarmbereitschaft zu versetzen. Näheres würde er ihm in Kürze mitteilen.

Einheit 8200 hatte die geforderten Daten in kürzester Zeit besorgt. Kaum war der Chef der Operationsabteilug wieder in seinem Büro, lagen ihm das Foto des Leiters des Killerkommandos sowie alle Flugdaten vor. Die Maschine mit Yousef Shahbazi Abbasalilu an Bord kam aus Istanbul und würde in wenigen Minuten auf dem Imam Khomeini Flughafen in Teheran landen. Ben-Zvi leitete die Daten umgehend an den Kommandeur der PARAS-Einheit weiter. Der Befehl lautete: Beschattung der Zielperson und Identifikation ihres ständigen Aufenthaltsorts. Zugriff nach persönlichem Ermessen des Kommandeurs, aber in Abstimmung mit dem Chef der Operationsabteilung.

Dann drückte er den roten Knopf des Kommunikationsmoduls auf seinem Schreibtisch. Der rote Knopf symbolisierte den *memuneh*.

Ziva Weinthal, Dahans Sekretärin, nahm den Anruf entgegen. »Der *memuneh* telefoniert gerade mit dem Ministerpräsidenten«, sagte sie. »Ich sage dir Bescheid, sobald er frei ist.«

Er drückte eine neue Nummer.

»*Shalom*«, meldete sich der Meisterspion am anderen Ende.

»Shalom, Avi. Wie geht es dir und den Mädchen?«

»Wir befinden uns immer noch in der sicheren Wohnung. Wir warten auf Informationen aus dem Hauptquartier.«

»Die bekommst du jetzt. Einheit 8200 hat ein Telefonat zwischen General Afkhami und Nasrallah abgehört. Die Iraner haben die Operation auf Zypern abgebrochen.«

»Warum?«

»Sie haben erfahren, dass die zyprische Polizei die pakistanische Terrorzelle hopsgenommen hat.«

»Was ist mit der iranischen und der libanesischen Zelle?«, fragte Halon.

»Wie du weißt, halten die Iraner ihre Terrorzellen grundsätzlich voneinander isoliert. Wenn der Leiter des Killerkommandos blitzartig deaktiviert wurde, ohne die Möglichkeit einer Warnung an die beiden anderen Zellen, dann bleiben diese Zellen auch weiterhin blind.«

»Das heißt, der Leiter wurde neutralisiert?«

»Nein, er wurde in den Iran zurückgepfiffen.«

»Wann?«

»Gestern Abend oder gestern Nacht. Seine Maschine landet in diesen Minuten in Teheran.«

»Wir haben dort eine PARAS-Einheit.«

»Ja, der Kommandeur der PARAS-Einheit weiß bereits Bescheid. Wir kennen den Namen des Attentäters, und wir wissen jetzt, wie er aussieht. Aber wir wissen noch nicht, wo er wohnt. Darum kümmert sich jetzt die PARAS-Einheit. Ich will den Zugriff so schnell wie möglich, aber ich will auch keine unnötigen Risiken eingehen.«

»*Und dann? Willst du ihn etwa zum Verhör nach Israel schmuggeln?*«

»Nein, ich will, dass er vor Ort verhört wird.«

»*Von wem?*«

»Von dir.«

»*Bist du verrückt? Du weißt doch genau, dass ich seit meiner vollständigen Enttarnung keinen Fuß mehr in den Iran setzen kann.*«

»Deshalb wirst du ein Videoverhör mit ihm machen. Und zwar von Beirut aus. Du sprichst doch fließend Farsi.«

»*Das stimmt.*«

»Wir brauchen die gesamte Befehlshierarchie, Avi. Beginnend beim Auftraggeber bis hinunter zu jedem einzelnen Mitglied dieser Terrorzellen. Wir brauchen jeden einzelnen Namen. Und dann werden wir sie der Reihe nach aufspüren und neutralisieren … Ich habe erst vor ein paar Minuten mit Ron gesprochen. Er hat heute Morgen an einer Sitzung des Sicherheitskabinetts in Jerusalem teilgenommen und mir das Wichtigste aus der Sitzung erzählt. Bibi ist diesmal deutlich geworden wie nie. Angriffe gegen Israel oder Israelis, direkt oder indirekt durch Stellvertreter, würden ab sofort mit schmerzhaften Maßnahmen gegen die Verantwortlichen auf iranischem Boden beantwortet. Wir sollen also nicht mehr nur die Stellvertreter verfolgen, sondern auch diejenigen, die sie bewaffnet und die Befehle erteilt haben.«

»*Der Vorschlag könnte glatt von mir stammen.*«

Ein leichtes Lächeln huschte über Ben-Zvis Gesicht. »Ich kenne dich nur zu gut, Avi, aber aktuell beschränkt sich deine Aufgabe darauf herauszufinden, wer Ohad ermordet hat.«

***

Beirut – Sie saßen im Wohnzimmer vor dem großen Plasmabildschirm und studierten die elektronischen Akten, die ihnen die Zentrale über den ermordeten *katsa* Ohad Iluz und seine Informantin Julia al-Banna zusammengestellt hatte: Ihre Treffpunkte, die Tage und Uhrzeiten, an denen sie sich getroffen hatten, persönliche Kommentare von Ohad … Das Material war äußerst umfangreich. Unterstützung erhielten sie von der KI im Hauptquartier des Mossad. Die KI hatte mit ihrem Zugriff auf gigantische Datenmengen weitere wichtige Informationen beigesteuert. Hunderte von Millionen Einzeldaten waren von ihr in wenigen Augenblicken analysiert, in einen logischen Zusammenhang gebracht, bewertet und in einer komplexen Grafik auf dem Plasmabildschirm dargestellt. Knotenpunkte, bei denen man ansetzen und weiterbohren musste, waren in Rot abgebildet.

Das Nummernschild der Limousine, aus der der Schuss auf Ohad abgefeuert worden war, verwies auf einen Beiruter Autoverleih. Der Mieter hatte den Wagen mit gefälschten Papieren angemietet.

Als Ronit ins Bad ging, nutzte Liat die Gelegenheit, um

Halons Hände zu ergreifen und ihm dabei tief in die Augen zu schauen. »Mir fällt die Decke auf den Kopf«, sagte sie.

Halon sah in ihren Augen ein feuriges Verlangen. »Warten zu können ist eine der wichtigsten Tugenden eines Agenten.«

»Ich weiß, aber ich bin heiß. Ich möchte …« Sie sprach sehr leise.

»Aber nicht, während Ronit in der Wohnung ist«, flüsterte Halon zurück.

»Dann schick sie einkaufen. Unser Kühlschrank ist sowieso schon fast leer …« Sie sprach nicht weiter, weil Ronit aus dem Bad kam.

Halon zündete sich eine Zigarette an. Rauchend ging er in die Küche, um sich ein kaltes Bier zu holen. »Unser Kühlschrank müsste auch mal wieder aufgefüllt werden.«

»Ich kann das übernehmen«, sagte Ronit sofort. »Ich brauche sowieso frische Luft.«

»Okay. Wie viel Geld brauchst du?«

Ronit überlegte kurz. »Ungefähr 8 Millionen libanesische Pfund.«

»Was ist das in Schekel?«

»Ungefähr zweitausend.«

»Ist das nicht ein bisschen viel für einen Großeinkauf?« Halon zog eine Schublade auf, entnahm ihr ein Bündel libanesischer Banknoten und zählte den Betrag ab. Dann überreichte er seiner Tochter 80 Scheine a 100.000 Pfund.

»Danke. Vielleicht gehe ich noch ein bisschen Shoppen.«

Ronit steckte das Geld in ihre Handtasche und ging dann ins Bad, um sich wieder in jene Frau zu verwandeln, die sie außerhalb der sicheren Wohnung war. Sie streifte sich die blonde Perücke über den Kopf und war im selben Moment Geraldine Hall, die karrierebewusste Abteilungsleiterin in der Beiruter Niederlassung eines amerikanischen Pharmakonzerns.

Sie überlegte eine Sekunde, ob sie eine Waffe mitnehmen sollte, entschied sich dann aber dagegen. Obwohl es in den Tresoren der sicheren Wohnungen und Häuser von Waffen nur so wimmelte, war das Schlimmste, was einem Agenten in einem anderen Land passieren konnte, mit einer Waffe erwischt zu werden. Nur die *kidonim*, die Killerkommandos der *komemiute* trugen Waffen bei sich. Für den Rest galt: Unsere einzige Waffe ist unsere Identität, unsere Coverstory. Und das Allerwichtigste: Wir müssen immer unsere jüdische Identität verbergen.

»Wann bist du wieder zurück?«, fragte Halon, als er sie als Blondine aus dem Bad kommen sah.

»Weiß ich noch nicht. Vielleicht in einer oder zwei Stunden.«

»Okay.«

Die offiziellen Statuten des Mossad besagten, dass Sex zwischen Agenten verboten war. Einige hielten sich sogar daran. Aber angesichts des zum Teil großen Stresses und der gemeinsamen Gefahr im Felddienst landeten die meisten Agenten dann doch irgendwann im Bett. Anders war es bei den in der Zentrale tätigen Agenten. Wer den ganzen Tag ausschließlich mit Mord, Erpressung, Intrigen, Lügen und Täuschungen zu tun hatte, brauchte zum Ausgleich Jugend und Schönheit. Die höheren Offiziere stellten deshalb ausnahmslos die jüngsten und attraktivsten Sekretärinnen ein, und alle vögelten untereinander.

Dabei gab es nur eine einzige Regel: Man vögelte immer nur die Sekretärin eines anderen Offiziers, aber nie die eigene.

Kaum hatte Ronit die sichere Wohnung verlassen, ging Liat ins Schlafzimmer und zog sich aus.

Halon betrachtete ihren nackten Körper. Ihr schwarzes Haar, ihre scharfgeschnittene Nase, die sinnlichen Lippen und den glänzenden Hintern, der aus einem Paar perfekt geformter Kugeln bestand. Er ging langsam zu ihr hinüber und fuhr ihr sanft mit dem Finger über den Rücken. Sie schnurrte wie ein Kätzchen. Dann drehte sie sich langsam um und sah ihn aus diesen unglaublich tiefblauen Augen an. Er berührte ihre glatte Wange, sie schmiegte die Lippen an seine Hand. Dann küsste sie ihn lang und innig.

Ihr Sex war wild und heftig. Später stellte Halon fest, dass ihre Fingerkuppen Blutergüsse an seinen Schultern hinterlassen hatten.

***

In diesem Teil Beiruts trugen nur wenige Frauen den Hijab. Deshalb hatte auch Ronit keinen angelegt. Nach dreihundert Metern war sie sich sicher, dass ihr niemand folgte. Sie winkte ein Taxi heran und ließ sich zum *City Centre Beirut* bringen, einer neuen Shopping Mall mit einem völlig neuen Einzelhandels- und Unterhaltungskonzept. Über vierzig der zweihundert Geschäfte waren neue Marken, die es im Libanon noch nie gegeben hatte, wie *Carrefour*, *Vox Cinemas*, *Magic Planet* sowie vierzig Lebensmittel- und Getränkegeschäfte, darunter drei Flaggschiffmarken aus Nordamerika. Das Zentrum lag ideal im Stadtteil Hazmieh neben der Damaskus-Autobahn. Die Gesamtfläche der Shopping Mall belief sich auf über 650.000 Quadratmeter und erstreckte sich über drei Ebenen sowie einen Open-Air-Restaurantbereich auf dem Dach.

Die beiden Frauen erstarrten, als sie sich plötzlich gegenüberstanden und sich gegenseitig wiedererkannten.

Julia al-Banna hatte sich eine Sekunde früher gefasst als Ronit und begann das Gespräch. »Ich lade Sie zu einem Kaffee ein. Sie haben bestimmt viele Fragen an mich«, sagte sie in perfektem Englisch mit arabischem Akzent.

»Wo?«, fragte Ronit etwas zögerlich, ohne sich vorzustellen.

»Wo Sie möchten. Das Restaurant auf dem Dach ist ziemlich groß. Wir suchen uns einen Bereich aus, wo uns niemand zuhören kann.«

Fünf Minuten später befanden sie sich auf dem Dach der Shopping Mall. Das Open-Air-Restaurant verfügte über eine riesige Terrasse, von der aus man einen fantastischen Ausblick über ganz Beirut hatte.

Sie wählten einen Tisch unter einem großen gelben Sonnenschirm in angemessener Entfernung zu den anderen Gästen.

»Sie sind Israelin, stimmt's?«, begann Julia das Gespräch.

»Wie kommen Sie darauf?«

»Ich zähle nur eins und eins zusammen. Sie waren zufälligerweise immer in der Nähe, wenn ich mich mit André getroffen habe. Ziemlich unprofessionell, finden Sie nicht? Und André war auch Israeli, hab ich Recht? Wie sein richtiger Name war, weiß ich bis heute nicht.«

»Ich weiß nicht, wovon Sie reden.«

»Natürlich wissen Sie das. Andernfalls wären Sie meiner Einladung auf einen Kaffee gar nicht gefolgt. Ich möchte nur, dass Sie wissen, dass ich André immer mit wahren Informationen versorgt habe, nicht nur weil ich ihn geliebt habe, sondern weil ich die Hisbollah und das Mullahregime abgrundtief hasse. Ich sage nicht, dass ich *Ihr* Land liebe, aber ich habe André mit Informationen versorgt, weil ich die Mullahs und ihre Marionetten hasse. Ich habe nie Geld von ihm verlangt, er hat mir immer freiwillig etwas Geld für meine Informationen gegeben.«

In diesem Moment kam eine Bedienung an ihren Tisch.

Die Frauen bestellten zwei Kaffee und zwei Wasser.

»Wie darf ich Sie anreden?«, fragte Julia.

»Nennen Sie mich Geraldine«, erwiderte Ronit. »Und wie möchten *Sie* angesprochen werden?«

»Außerhalb meiner vier Wände nennt man mich Mariam, aber da Sie ohne jeden Zweifel mit André zusammengearbeitet haben, werden Sie meinen wahren Namen ohnehin kennen. Nennen Sie mich wie Sie wollen.«

Ronit erwiderte nichts darauf.

Julia fuhr fort. »Ich kann Ihnen versichern, dass ich nichts mit dem Mord an André zu tun habe. Ich habe auch nicht die leiseste Ahnung, wer hinter seiner Ermordung stecken könnte.«

Ronit, die die ganze Zeit über Angst hatte, irgendetwas zuzugeben, wagte sich aus der Deckung: »Die Hisbollah?«

»Könnte sein, aber ich weiß es nicht. Die Juden haben hier viele Feinde.«

»Wie kommen Sie darauf, dass André Jude war?«

»Ich kenne mich sehr gut in den verschiedenen

Religionen aus, Geraldine. Religionen waren über viele Jahre hinweg ein Hobby von mir. André gab sich mir gegenüber als maronitischer Christ aus. Natürlich fand ich schnell heraus, dass er das *nicht* war. Er wusste einfach zu wenig über den Glauben der maronitischen Christen. Ist aber auch egal. Jetzt ist er tot, und das Kapitel ist für mich abgeschlossen.«

»Fürchten Sie nicht um Ihr Leben?«

»Ich fürchte gar nichts.«

Die Bedienung brachte die Getränke und etwas Knabbereien. Die Rechnung lag gleich dabei. Nachdem sie alles auf den Tisch gestellt hatte, entfernte sie sich wieder.

»Es steht nicht gerade gut um Ihr Land«, sagte Ronit.

»Die Gründe kennt hier jeder: Das ist zum einen die Hisbollah, zum anderen die überall grassierende Korruption.«

»Nennen Sie mir einen Politiker, der heutzutage nicht korrupt ist«, sagte Ronit und lächelte ihr Gegenüber zum ersten Mal an.

»Ich wüsste nicht, was von diesen beiden Übeln das schlimmere ist.«

»Die Hisbollah natürlich.«

»Aus Ihrer Perspektive ganz bestimmt.« Julia nahm einen Schluck aus ihrer Kaffeetasse. »Das ist eines der Hauptmissverständnisse«, fuhr sie schließlich fort. »Die Hisbollah ist keine libanesische Bewegung! Sie ist keine libanesische Partei, und sie ist keine Widerstandsbewegung, auch wenn die Propaganda das glauben machen will. Die Hisbollah wurde erfunden, gegründet, organisiert und finanziert vom Iran. Und sie hat vom Tag ihrer Gründung an nur ein einziges Ziel: die Vernichtung Israels.«

»Das ist mir durchaus bekannt.«

»Und warum unternimmt Israel nicht endlich was dagegen? Wenn der Iran der Hisbollah befiehlt, den totalen Raketenkrieg gegen Israel zu beginnen, dann macht die Hisbollah das auch. Hier im Libanon wissen alle, dass ein großer Krieg in der Luft liegt. Dieser Krieg kann nur verhindert werden, wenn Israel gravierende Maßnahmen gegenüber dem Iran ergreift. Der Iran ist längst nicht so stabil, wie er vorgibt zu sein. Im Gegenteil, der Iran ist alles andere als stabil. Achtzig Prozent der Iraner sind gegen das Mullahregime. Früher verbrannten die Iraner amerikanische und israelische Flaggen. Heute nicht mehr. Heute verbrennen sie Fotos von Qasem Soleimani und Ayatollah Ali Chamenei. Aber die Medien berichten nicht darüber. Die Medien berichten nur, dass die Iraner glauben, dass Israel dem Untergang geweiht ist. Die Israelis müssen die iranischen Atomanlagen bombardieren, auch wenn sie wissen, dass sie dafür einen hohen Preis zahlen müssen. Aber sie haben keine andere Wahl. Wenn Israel nichts tun, dann wird der Preis noch höher sein.«

Ronit war von Julias Intelligenz beeindruckt. Trotzdem hielt sie sich mit Kommentaren zurück. Zuerst musste sie mit ihrem Vater sprechen. »Ich würde gern in Kontakt mit Ihnen bleiben«, sagte sie, als sie spürte, dass sich das Gespräch dem Ende zuneigte. »Können Sie mir Ihre Handynummer geben?«

»Die haben Sie doch«, sagte Julia und lachte. »Sie haben doch mit André zusammengearbeitet.«

»Nein, ich habe Ihre Nummer nicht.«

»Okay. Sie erhalten *meine* Nummer, und ich erhalte Ihre.«

»Natürlich.«

Die Frauen gaben sich zum Abschied die Hand.

Beim Verlassen des Restaurantbereichs dachte Ronit daran, wie korrekt ihre Gesprächspartnerin in Ohads elektronischer Akte beschrieben war. Julia al-Banna war vierundvierzig Jahre alt, sah aber deutlich jünger aus, und sie wirkte auch jugendlich. Ohad hatte sich auch kurz über Julia al-Bannas Wandelbarkeit ausgelassen, und Ronit fragte sich, welche Rolle ihr heute wohl vorgespielt worden war.

***

Nach der Begegnung mit Julia al-Banna suchte Ronit einen Supermarkt auf und kaufte Lebensmittel für zwei Wochen. Dazu jede Menge Bier und Toilettenartikel. Der Taxifahrer setzte sie direkt vor der Haustür ab und bot ihr an, die vielen Tüten ins Haus zu schleppen. Ronit lehnte dankend ab.

Ihr Vater kam herunter und half ihr beim Reintragen.

»Ich muss sofort mit dir reden«, sagte Ronit, nachdem sich sämtliche Einkaufstüten in der Küche befanden und Liat mit dem Einräumen begann.

Halon hörte seiner Tochter aufmerksam zu. »Ich hoffe, du warst auf der Hut«, sagte er.

»War ich. Trotzdem denke ich immer gleich an das Schlimmste.«

»Das ist nicht unbedingt die schlechteste Einstellung. Aber du hättest sie wenigstens fragen können, wie sie an den Stick gekommen ist.«

»Habe ich leider nicht dran gedacht.«

»Ich weiß auch noch nicht, wie ich Julia al-Banna einschätzen soll. Einheit 8200 hört ihr Smartphone seit drei

Monaten ab. Angeblich gab es bis jetzt nicht den kleinsten Hinweis, dass sie für irgendjemand anderen als für Ohad gearbeitet hat. Dass sie intelligent ist, wissen wir.«

In diesem Moment brummte sein Smartphone. Er schaute aufs Display. Name und Nummer waren unterdrückt. Er nahm den Anruf an.

»*Erinnern Sie sich nicht mehr an unsere Abmachung, Halon?*«, fragte die Stimme am anderen Ende.

Halon erkannte die Stimme. Sie gehörte Generalmajor Josef Catroux, dem Chef des libanesischen Geheimdienstes. »Welche Abmachung?«, fragte er.

»*Wir hatten abgemacht, dass Sie alle Informationen mit mir teilen, so wie ich meine mit Ihnen geteilt habe.*«

»Ein gesundes Misstrauen war in unseren Kreisen noch nie von Nachteil, General.«

»*Sie scherzen, Halon.*«

»Ausnahmsweise, General, aber im Moment habe ich wirklich nichts, was für Sie von Interesse sein könnte.«

»*Oh, sagen Sie das nicht. Mich würde zum Beispiel brennend interessieren, was es zwischen Ihrer Tochter und Julia al-Banna zu besprechen gab.*«

»Sie lassen sie also immer noch beschatten.«

»*Wir befinden uns in Beirut, Halon, einem der gefährlichsten Orte der Welt. Aber vielleicht kann ich Ihnen auf die Sprünge helfen mit Informationen, die Sie möglicherweise ein großes Stück weiterbringen.*«

»Ich höre.«

»*Nicht am Telefon.*«

»Okay, wo?«

Catroux nannte ihm den Treffpunkt.

Halon zündete sich eine Marlboro an und schaute nachdenklich durch das Wohnzimmerfenster auf die wenig belebte Straße hinunter. Die Dinge passten vorne und hinten nicht zusammen.

Liat näherte sich ihm von hinten.

»Worüber denkst du nach?«

Halon schaute weiterhin unverwandt auf die Straße. »Hätte Ohad auch nur einen Tag länger gelebt, dann hätte er in seinem Tagesbericht genau beschrieben, wie Julia al-Banna an den Stick gekommen war.«

»Ohad hat den Stick, sofort nachdem er ihn von seiner Informantin erhielt, Ronit übergeben. Augenblicke später wurde er ermordet, stimmt's?«

»Ja, vielleicht hat er sie tatsächlich noch gefragt und erhielt auch eine Antwort, aber leider kennen wir diese Antwort nicht.«

»Einheit 8200 behauptet doch, dass seine Informantin sauber ist …«

»Kann ja auch sein, aber das hilft uns nicht weiter. Die erste Frage ist doch: Wer befand sich noch in dem Raum, in dem das Gespräch aufgezeichnet wurde?«

»Nasrallah, General Afkhami und der Dolmetscher.«

»Oder eine vierte Person, was wir aber nicht wissen. Zweite Frage: In wessen Auftrag und mit welcher Absicht wurde das Gespräch aufgezeichnet? Und die dritte Frage: Wie kam Julia al-Banna an diese Aufzeichnung? Wollte jemand, dass der Mossad die Aufzeichnung erhält?«

»Das würde ja voraussetzen, dass derjenige wusste, dass sie sich regelmäßig mit einem unserer Agenten traf.«

»Genau.«

***

Avi Halon wartete einige Minuten vor der syrisch-maronitischen St-Georgs-Kathedrale, dann sah er, wie sich ein grauer Mercedes Diesel näherte. Der Wagen hielt direkt neben ihm. Der Fahrer stieg aus und öffnete die Beifahrertür. Es war derselbe Fahrer, der ihn und Liat hier vor einigen Tagen abgesetzt hatte.

Als Treffpunkt hatten sie sich auf jenen fast vollständig ausgebrannten Teil des Hafens geeinigt, wo sich außer ein paar Ratten niemand herumtrieb.

Die Fahrt zum vereinbarten Treffpunkt dauerte nur wenige Minuten. Inmitten zahlloser ausgebrannter Ruinen stoppte der Mercedes. Weit und breit kein Mensch. Der Fahrer gab Halon mit einer Geste zu verstehen, dass er etwas Geduld haben müsse.

Nach zwei Minuten bogen drei schwarze Range Rover mit verdunkelten Scheiben um die Ecke. Die Wagenkolonne verlangsamte ihr Tempo und kam direkt neben dem Mercedes zum Stehen.

Aus dem zweiten Range Rover sprang ein Personenschützer. Er öffnete die rechte hintere Wagentür. Auf der Rückbank saß der Chef des libanesischen Geheimdienstes.

Halon verließ den Mercedes und kletterte zu General Catroux auf die Rückbank des Rovers. Sein Blick fiel zuerst auf die schalldichte Glaswand, die den Fond von der Fahrerkabine trennte.

Der Personenschützer schloss die Tür wieder und glitt zurück auf den Beifahrersitz.

Die Wagenkolonne setzte sich in Bewegung.

»Danke, dass Sie meiner Einladung gefolgt sind, Halon.«

»Immer gern, General. Wohin fahren wir diesmal?«

»Wir fahren ein bisschen in der Gegend herum. Wenn

wir mit dem, was ich mit Ihnen zu besprechen habe, durch sind, setze ich Sie hier wieder ab. Der Fahrer des Mercedes wartet hier auf uns.«

»Verstanden. Was gibt es zu besprechen?«

»Zuerst legen Sie mal Ihr Smartphone in dieses Kästchen. Es ist von innen verbleit.« Catroux hielt ihm eine abhörsichere schwarze Box hin.

»Nur, wenn Sie Ihr Handy ebenfalls da hinein legen.« Catroux nickte.

Die Männer ließen ihre Handys in den Tiefen des Kästchens verschwinden.

Der General schloss den Deckel.

»Und nun?«, fragte Halon.

»Sie erhalten jetzt einige Informationen über den Agenten, den Sie in Beirut verloren haben.« Catroux griff nach seiner braunen Aktentasche und zog einen roten Schnellhefter heraus. Er schlug ihn auf und überreichte Halon zwei gestochen scharfe Farbfotos.

Halon betrachtete das erste Foto aufmerksam. Es zeigte den ermordeten *katsa* Ohad Iluz und einen unbekannten, zirka sechzig Jahre alten Mann beim Abendessen in einem Luxusrestaurant. »Ich höre.«

»Das Foto ist ungefähr zwei Monate alt. Der Mann, mit dem ihr Agent hier zu Abend speist, ist der russische Multimilliardär Jewgenij Wassiljewitsch Wlassow. Er gehört zu Putins innerem Kreis und befindet sich seit April letzten Jahres auf der Sanktionsliste der Europäischen Union. Wlassow ist Eigentümer der Gamma Group, zu der unter anderem die GammaBank, eines der größten privaten Geldinstitute Russlands, gehört. Außerdem ist er im Mobilfunk aktiv und an Supermärkten beteiligt.«

Halon konnte sich nicht erinnern, dass von diesem Abendessen etwas in Ohads Berichten gestanden hatte. Dafür gab es nur zwei Erklärungen: Entweder wusste das Büro davon und hielt es, aus welchen Gründen auch immer, geheim, oder Ohad hatte Geschäfte auf eigene Faust gemacht.

»Ich weiß, was Sie jetzt denken«, sagte Catroux.

»Was denke ich denn?«

»Dass Ihr Mann ein Doppelagent war.«

»Da muss ich Sie leider enttäuschen, General.«

»Ihr Mann hat möglicherweise etwas viel Gefährlicheres und Dümmeres getan. Er hat möglicherweise einen milliardenschweren russischen Oligarchen erpresst.«

»Ich höre.«

»Nun ja. Vielleicht waren einige der Mädchen, mit denen Wlassow sich regelmäßig vergnügte, etwas zu jung. Das kann zu Problemen führen, wenn man nicht aufpasst.«

»Sie sagen mir also, dass der Mörder unseres Agenten im Umfeld dieses Oligarchen zu suchen ist.«

»Das habe ich nicht gesagt.«

»Bei Erpressung liegt das aber auf der Hand.«

»Ich sagte *möglicherweise* Erpressung. Aber ich weiß es nicht. Schauen Sie sich bitte das nächste Foto an.«

Halon betrachtete das zweite Foto. Es zeigte den *katsa* Ohad Iluz und Jewgenij Wlassow im Kreise halbnackter, blutjunger Mädchen. »Wo wurde das Foto aufgenommen?«

»Das ist Beiruts exklusivster Club. Sozusagen Staatseigentum. Nur für die Allerbetuchtesten mit ihren oft sehr ausgefallenen Wünschen. Wir haben dort ständig wechselnde Agenten, um auf dem Laufenden zu bleiben.

»Die beiden standen sich also sehr nahe.«

»Tja, das sollte man annehmen, wenn Freunde dasselbe Etablissement gemeinsam aufsuchen und gemeinsam Champagner trinken.«

»Passierte es des Öfteren?«

»Ich sagte doch: *Freunde*. Wir haben die beiden dort regelmäßig zusammen angetroffen und natürlich abgehört.«

»Worauf wollen Sie hinaus?«

Catroux seufzte. »Halon, Sie wissen genauso gut wie ich, dass die Shows, die die Massenmedien der Bevölkerung Tag für Tag präsentieren, selten etwas mit der Realität zu tun haben. Die Masse braucht einfache, nachvollziehbare Feindbilder. Weltpolitik ist nun mal sehr kompliziert. Da ziehen wir doch einfache Weltbilder vor: Hier der gute Westen, dort die bösen Russen. Wir wissen aber, welche amerikanischen Kreise Putin nicht nur nicht feindlich gegenüberstehen, sondern ihn auch noch unterstützen. Und in genau diese Dinge hat Ihr Mann seine Nase gesteckt. Da ist er nicht selbst draufgekommen, das hat er von Wlassow erfahren.«

Halon überlegte. Nichts davon stand in Ohads Wochenberichten. »Sie behaupten also, dass es amerikanische Kreise gibt, die Putin direkt unterstützen?«

»Das *behaupte* ich nicht nur, das weiß ich. Und Wlassow gehört zu Putins innerstem Kreis. Er weiß mit Sicherheit mehr als der Durchschnittsabgeordnete der Duma. Und manchmal erzählen sich Freunde halt Dinge, die nicht für die Öffentlichkeit bestimmt sind. So wie wir Zwei hier.«

»Sie sind also der Auffassung, dass Wlassow unseren Mann mit Informationen über Putins innerstem Kreis versorgt haben könnte, die ihm letztlich nicht gut bekamen?«

»Ja.«

»Sie halten es für möglich, dass unser Mann von Amerikanern ermordet wurde.«

»Ja, das halte ich für möglich.«

Halon schüttelte ungläubig den Kopf. »Ein Kopfschuss aus einer fahrenden Limousine heraus ist nicht der Stil der CIA. Da tippe ich eher auf die Handschrift eines russischen Oligarchen. Oder des SWR.«

»Habe ich CIA gesagt? Denken Sie, was Sie wollen, Halon. Ich hoffe, ich konnte Ihnen eine Spur liefern. Ob sie auch heiß ist, müssen Sie selbst herausfinden.«

»Was hat ein russischer Oligarch im Libanon zu suchen?«

»Geschäfte machen, was sonst? Libanesische Politiker sind bekannt dafür, dass sie sehr entgegenkommend sind, wenn man ihre Bereitschaft zu kleinen Gefälligkeiten angemessen honoriert.«

»Kann ich die Fotos behalten? Ich würde sie gern auswerten lassen.«

»Ja. Aber was gibt es da noch auszuwerten?«

»Fotos wie diese sind immer nur ein Ausgangspunkt, General.«

Catroux seufzte leise. »Ich weiß, dass Sie über technologische Möglichkeiten verfügen, von denen wir hier im Libanon nur träumen können. Uns ist es noch nicht mal gelungen, Wlassows Smartphone zu hacken.«

Halon horchte auf. »Sie haben Wlassows Handynummer?«

»Natürlich.«

»Die brauche ich.«

»Wollen Sie mich auf den Arm nehmen, Halon? Gleich nach dem Iran gilt das Hauptinteresse Ihrer Behörde doch dem Umfeld des Kremlchefs.«

»Geben Sie sie mir trotzdem.«

»Gleich. Da, schauen Sie mal«, fuhr der General fort und zeigte mit dem Finger auf die Straße. »Der weiße Wagen da hinten. Wissen Sie, wem der gehört?«

»Nein.«

»Der gehört dem CIA Station Chief. Die CIA war hier schon immer präsent, aber seit 2006 ist sie hyperaktiv.«

»Das denke ich mir. Aber wahrscheinlich nicht nur wegen der Hisbollah.«

»Halon, Sie wissen doch genauso gut wie ich, dass die Hisbollah den Libanon vollständig übernommen hat, und sie wird dabei auch noch von Amerika unterstützt. Die Hisbollah hat im ganzen Libanon Chaos angestiftet, und Amerika scheint das Problem nicht zu erkennen.«

»In Wirklichkeit ist es noch viel schlimmer, General. Aus amerikanischer Sicht ist nicht die Hisbollah das Problem, sondern Israel.«

»Ja, es ist der reine Wahnsinn. Es gibt keinen Libanon mehr. Das, was mal Libanon war, ist heute Iran. Amerika finanziert das libanesische Militär, scheint aber nicht zu begreifen, dass es damit ein von der Hisbollah übernommenes Militär finanziert. Das libanesische Militär und die Hisbollah arbeiten Hand in Hand.« Er machte eine etwas längere Pause, dann fuhr er fort. »Glauben Sie an die Bibel, Halon?«

»Ich denke nicht, dass biblisches Wissen zu meinen Kernkompetenzen gehört.«

»Wir leben hier in der chaotischsten und instabilsten

111

Region der Welt, und gemäß Bibel werden die Zeiten für Israel noch schwieriger werden, aber Israel wird nicht untergehen. Israel wird das überstehen und gedeihen. Es mag ein holpriger Weg vor Ihrem Land liegen, aber Israel wird überleben und gedeihen. Das jüdische Volk ist in das ihm von Gott verheißene Land zurückgekehrt, und zwar genau auf die Weise, die Gott in der Bibel vorausgesagt hat. Und es wird nie wieder entwurzelt werden.«

»Das will ich hoffen, General.«

»Für mich als Bibelgläubigen gibt es zwei Teams. Das eine Team ist pro Israel und pro jüdisches Land, das andere Team ist kontra Israel. Jede Macht, die im falschen Team spielt, bekommt die Konsequenzen früher oder später zu spüren. Steht nämlich so in der Bibel. Und wenn jemand wie Sie nicht an die Bibel glaubt, dann sollte er die Wahrheit wenigstens aus historischen Büchern erfahren. Die historischen Bücher bestätigen die Bibel nämlich zu hundert Prozent. Denken Sie nur an die Römer, die dem jüdischen Volk die schwersten Schläge beigebracht haben. Wo sind sie jetzt? Und wie wird es mit Amerika weitergehen, wenn es weiterhin Geld an die libanesische Armee, an die Feinde Israels, gibt? Weiß Amerika nicht, dass es mit diesem Geld nur die Hisbollah unterstützt? Natürlich weiß Amerika das. Israel vertritt für immer Gott in der Welt. Länder und Menschen, die Israel unterstützen, erhalten Gottes Segen, Länder und Menschen, die sich gegen Israel stellen, sind verflucht. Früher oder später hören sie einfach auf zu existieren. Das ist die Wahrheit, Halon. Wenn Amerika jetzt nicht einige Anpassungen vornimmt, wird es einfach aufhören zu existieren. Das ist meine feste Überzeugung.«

»Wenn ich nicht genau wüsste, dass Sie der Geheimdienstchef des Libanons sind, würde ich sagen, Sie sind ein religiöser Zionist.«

Catroux lachte. »Ich bin nur ein einfacher Christ, Halon, ein einfacher Arbeiter im Weinberg des Herrn. Aber weil ich die Heilige Schrift kenne, weiß ich, was auf uns zukommt.«

»Lassen Sie mich an diesem Wissen teilhaben?«

»Es wird ein Leiden auf der Erde geben, das den Menschen endlos erscheinen wird. Die Menschen werden keine Lösungen für diese schrecklichen kommenden Leiden finden. Ein Wahnsinn der Hoffnungslosigkeit wird die Herzen der Menschen erfüllen, um die Welt auf die Erscheinung des Antichristen vorzubereiten, der scheinbar eine Lösung für alles haben wird, eine Antwort auf die Probleme der Welt. Aber Christus warnt uns, uns nicht zu beunruhigen. Wir sollen nur wachsam sein. Der Tag, an dem Gott nicht mehr alles tolerieren wird, was in der Welt geschieht, steht unmittelbar bevor. Gott wird Rechenschaft über das verlangen, was wir getan haben. Menschen, die den Dingen der Welt vertraut haben, werden enttäuscht werden, aber die, die ausschließlich auf Gott vertraut haben, die Gott lieben, werden sich freuen. Alles, was wir haben, alles, was wir besitzen, ist Täuschung. Aber es kommt der Tag, an dem wir das alles erkennen werden, nämlich dann, wenn unsere Seele nackt vor Gott steht …«

»Wer soll das sein, der Antichrist?«

»Niemand weiß, wer das ist. Auf jeden Fall wird er ein sehr charismatischer Führer sein, der eines Tages die ganze Welt verführen wird. Zwei Drittel der Christen werden auf ihn hereinfallen und mindestens neunzig Prozent der Juden, weil die Juden den wahren Messias, nämlich Jesus Christus, nicht als Messias anerkennen und immer noch auf sein Erscheinen warten.«

»Ich höre Ihnen wirklich gern zu, General. Vielleicht ergibt sich ja mal eine Gelegenheit, bei der wir das Thema vertiefen können, aber im Moment bin ich mit der Aufklärung eines Mordes beschäftigt.«

»Selbstverständlich. Entschuldigen Sie.«

»Eine letzte Frage: Haben Sie vielleicht eine Erklärung dafür, wie Julia al-Banna an den Stick gekommen ist, den sie unserem Mann übergeben hat?«

»Das kann ich Ihnen genau sagen, Halon. Ehrlich gesagt, wundert es mich, dass Sie mich erst jetzt danach fragen. Es hielten sich insgesamt vier Personen in dem Raum auf, in dem das Gespräch aufgezeichnet wurde: Nasrallah, General Afkhami, der Dolmetscher und der Stenograf. Der Stenograf ist von der Hisbollah, wurde von uns aber schon vor Monaten gekauft. Der Stenograf nimmt jedes Gespräch, das Nasrallah führt, auf und stenografiert die wichtigsten Punkte zusätzlich mit. Dann schreibt er seine Berichte, einen für Nasrallah, den anderen für den jeweiligen Gesprächspartner. Nachdem das Gespräch beendet war, speicherte er die Audiodatei auf den besagten Stick und spielte ihn uns über die bewährten Kanäle zu. Am nächsten Tag schob einer meiner Männer den Stick unter die Tür von Julia al-Bannas Apartment. Ich wusste, dass sie verstehen würde, was sie zu tun hatte.«

***

114

Halon kehrte in die sichere Wohnung zurück. Nachdem er sich ein kaltes Bier aus dem Kühlschrank genommen und eine Zigarette geraucht hatte, sandte er elektronische Abzüge der beiden Fotos, die er von General Catroux erhalten hatte, nach Tel Aviv.

»Ich brauche sofort eine KI-Analyse«, sagte er zu der Empfängerin am King Shaul Boulevard.

Zehn Minuten später meldete sich Ben-Zvi bei ihm.

»*Shalom, Avi. Wir haben die Fotos untersucht. Sie sind echt. Das wirft ein völlig neues Licht auf die Sache. Niemand hier wusste von Ohads Eskapaden.*«

»Was hat die KI über Wlassow herausgefunden?«

»*Viel. Er ist ein Oligarch der zweiten Generation mit besten Verbindungen zum Kreml. Ich schicke dir jetzt das Material, das wir über ihn haben.*«

»Danke. Ich habe übrigens Wlassows geheime Handynummer. Es dürfte für unsere Techniker kein Problem sein, sein Handy zu hacken. Sie sollen auch die KI auf ihn ansetzen. Ich brauche Aufzeichnungen von jedem seiner Telefonate.«

»*Schick mir seine Handynummer, dann werde ich alles veranlassen.*«

»Gibt es sonst etwas, das ich wissen muss?«

»*Ja, Ron ist seit gestern im Weißen Haus.*«

»Worum geht's?«

»*Es geht um die geheimen Normalisierungsgespräche zwischen uns und Saudi-Arabien. Ron trifft sich dort mit verschiedenen hochrangigen Beamten des Weißen Hauses und der CIA-Direktorin, um bei der Ausarbeitung des trilateralen Abkommens zwischen uns, Saudi-Arabien und den USA zu helfen.*«

»Hm, ich weiß nicht. Bei mir löst das gemischte Ge-
fühle aus.«

»*Bei mir auch. Eine Normalisierung ist zwar möglich,
aber der Weg dahin ist noch lang.*«

»Sonst noch was?«

»*Nur das Übliche. Der Iran hat mal wieder eine drasti-
sche Drohung gegenüber den USA ausgesprochen. Gemäß
iranischer Ideologie ist Israel bekanntlich der kleine Satan
und die USA sind der große Satan. Die Iraner haben heute
auch einen neuen Marschflugkörper vorgestellt. Seine Reichweite beläuft sich angeblich auf über tausend Kilometer, und
das offensichtliche Ziel sind wohl die US-Streitkräfte in der
Region. Du weißt, dass der Iran ganz zuletzt drankommt.
Wahrscheinlich erst 2025. Zuerst kommt der Nordkrieg mit
der Hisbollah, wobei es meines Erachtens irrelevant ist, ob
die Hisbollah diesen Krieg beginnt oder wir.*«

»Mir wäre es lieber, wenn wir präventiv zuschlagen
würden. Die Hisbollah verfügt aktuell über 300.000 Raketen, und sie kann pro Stunde Tausende Raketen auf uns
abfeuern. Je länger wir warten, umso schlimmer wird es
werden.«

»*Wahrscheinlich hast du Recht.*«

***

Im Süden Teherans – Drei Tage lang hatte die geheime
israelische Eliteeinheit den Leiter des Killerkommandos,
Yousef Shahbazi Abbasalilu, intensiv beschattet. Sein
Lebenswandel erwies sich als so eintönig und einfältig
wie sein Gemüt. Er erhielt nie Besuch, schlief den ganzen
Tag oder saß vor dem Fernseher. Es war jetzt kurz vor

zweiundzwanzig Uhr, und der Kommandeur der PARAS-Einheit hielt den Zeitpunkt für den Zugriff für gekommen. Vorher musste jedoch der Chef der Operationsabteilung informiert werden.

Aryeh Ben-Zvi saß noch im Büro.

»Die Zielperson ist allein in ihrer Wohnung«, sagte der Kommandeur. »Sie hat sich soeben eine Pizza liefern lassen. Der Pizzabote hat das Haus bereits wieder verlassen. Ich erbitte grünes Licht für den Zugriff.«

»Mit wie viel Mann wollen Sie zugreifen?«

»Mit sechs.«

»Gut. Aber stellen Sie sicher, dass der Zielperson kein Haar gekrümmt wird. Sobald Sie ihn in ein sicheres Versteck gebracht haben, werden wir ihn per Video verhören.«

»Wer soll das Verhör durchführen?«

»Ich habe jemanden, der perfekt Farsi spricht. Geben Sie mir einfach Bescheid, sobald das Verhör beginnen kann.«

»Verstanden.«

Der Kommandeur gab den Befehl zum Zugriff.

Sechs Männer in schwerer Kampfmontur eilten lautlos die Treppen zum dritten Stock hinauf, wo die Wohnung der Zielperson lag. Ein kräftiger Fußtritt drückte die Wohnungstür krachend aus dem Rahmen. Yousef saß mit einem großen Stück fettiger Pizza in der Hand am Küchentisch. Er ließ sich die Handschellen widerstandslos anlegen und wehrte sich auch nicht, als ihm eine schwarze Kapuze über den Kopf gezogen wurde. Sekunden später wurde er draußen in einen schwarzen Van gestoßen.

***

Beirut – Um 22 Uhr 10 erhielt Avi Halon einen Anruf vom King Shaul Boulevard.

»Shalom, Aryeh, was kann ich für dich tun?«

»*Shalom, Avi. Ich wollte dir nur mitteilen, dass du dich auf eine lange Nacht einstellen kannst. Die Zielperson wird gerade an einen sicheren Ort gebracht, und da du einer der Wenigen bist, die perfektes Farsi sprechen, wirst du ihn von Beirut aus verhören. Mach dir also schon mal einen starken Kaffee.*«

»Verhör per Video?«

»*Natürlich. Je nachdem, was dabei herauskommt, können wir vielleicht Teile des Videos später veröffentlichen. Die Ratte soll dir beim Verhör direkt in die Augen schauen, dann scheißt er sich vielleicht vor Angst in die Hose.*«

»Wann geht's los?«

»*Sobald sich der Kommandeur der PARAS-Einheit bei mir gemeldet hat.*«

»Und du wirst dir natürlich alles live anschauen.«

»*Selbstverständlich. Von der KI in Echtzeit ins Hebräische übersetzt.*«

Halon war sich im Klaren darüber, dass Scheitern keine Option war. In wenigen Minuten würde er den Mann, der von israelischen Agenten im Iran gekidnappt worden war, von Beirut aus ins Kreuzverhör nehmen. Er würde das Mastermind einer intensiven Befragung unterziehen, um die Einzelheiten des geplanten, aber vereitelten Terroranschlags zu erfahren und das gesamte Netzwerk, das noch im Schatten lauerte, aufdecken. Sobald er alle Informationen erhalten und akribisch die wichtigsten Geheimnisse aufgedeckt hätte, würde der Chef der Operationsabteilung in Abstimmung mit dem *memuneh* und anderen Abteilungen des Büros weitreichende Maßnahmen ergreifen. Halon hatte in den vergangenen drei Jahren auch in Deutschland mehrere Anschlagsversuche der Hisbollah vereiteln können, ohne dass die Weltöffentlichkeit etwas davon erfahren hatte.

***

In dem sicheren Haus südlich von Teheran saß Yousef Shahbazi Abbasalilu an einem großen Holztisch und starrte abwechselnd auf den noch dunklen Bildschirm und auf die beiden maskierten Männer in schwerer Kampfmontur, die jede seiner Bewegungen aufmerksam beobachteten, während ein dritter die sichere Leitung nach Beirut vorbereitete.

Halon saß derweil im Wohnzimmer der sicheren Wohnung und schaute auf Ronit, die ihm gerade eine Kanne Kaffee und einen Teller mit Snacks auf den Tisch stellte. Er drückte seine Marlboro aus, just in dem Moment, als ein grünes Lämpchen unterhalb des Bildschirms zu blinken begann.

Kurz darauf erschien das Gesicht eines Mannes.

Halon fiel sofort der verräterisch wachsame Blick dieses Mannes auf. Er hatte ein aufgedunsenes, glattes Gesicht mit tief in den Höhlen liegenden, leicht zusammengekniffenen Augen.

»Wie heißt du?«, fragte Halon auf Farsi.

»Yousef Shahbazi Abbasalilu.«

»Alter?«

»Dreiundvierzig.«

»Staatsangehörigkeit?«

»Ich bin Iraner.«

»Für wen arbeitest du?«

»Ich arbeite für die Armee der Wächter der Islamischen Revolution.«

»Seit wann?«

»Seit 2016.«

»Wer ist dein Betreuer?«

»Hassan Shoushtari Zadeh.«

In diesem Moment blendete die KI, nur für Halon und Ben-Zvi sichtbar, ein Foto des Genannten ein. Shoushtari Zadeh war ein hochrangiger Offizier der Abteilung 800 innerhalb der Revolutionsgarde. Er war zuständig für Terroranschläge im Ausland.

Halon wusste, dass der Mann am anderen Ende der Leitung die eingeblendeten Informationen nicht sehen konnte. »Ich nehme an, dieser Mann arbeitet ebenfalls für die Revolutionsgarde.«

»Ja, er arbeitet für die Abteilung 800. Das ist der eigentliche Geheimdienst der Revolutionsgarde.«

»Ist dir der Aufbau dieser Organisation bekannt?«

»Nur ganz grob.«

»Wer ist der Vorgesetzte des Mannes, dessen Namen du mir gerade genannt hast?«

»Javad Saraei.«

Eine Sekunde später blendete die KI das Foto dieses Mannes ein. Javad Saraei wurde in der Datenbank des Mossad als Senior Official geführt. Das bedeutete, dass Saraei ebenfalls einen Vorgesetzten hatte.

»Und dessen Vorgesetzter?«, fragte Halon.

»Der Vorgesetzte von Javad Saraei heißt Reza Seraj. Er ist der Kopf der Abteilung 800.«

Die KI lieferte Halon die visuelle Bestätigung, dass die vorgebrachten Informationen stimmten.

Da die Abteilung 800 nur eine Teilorganisation innerhalb des iranischen Geheimdienstapparates war, gab es, abgesehen vom Revolutionsführer selbst, nur noch einen einzigen Mann an der Spitze: Brigadegeneral Mohammad Kazemi.

»Wie lautete dein Auftrag?«, fragte Halon weiter.

»Ich sollte einen jüdischen Immobilienunternehmer in Limassol ermorden. Danach waren Anschläge auf Hotels geplant, die gern von Israelis besucht werden.«

»Alle Anschläge sollten auf Zypern stattfinden?«

»Ja, alle auf Zypern, alle in Limassol.«

»Wie bist du auf die Insel gelangt?«

Yousef beschrieb jetzt lang und breit, wie er in den türkisch kontrollierten Norden Zyperns eingedrungen und illegal in den Süden der Insel gelangt war, um den israelischen Geschäftsmann zu töten. »Das Foto und die Adresse des Mannes habe ich von Hassan Shoushtari Zadeh, meinem Kontaktmann, erhalten. Nachdem ich herausgefunden hatte, dass er dort war und wohin er ging, war mein Plan, ihn sofort mit der Waffe zu töten, wenn es eine ruhige und leere Straße war.«

»Wer hat dir die Waffe ausgehängt.«

»Die pakistanischen Aktivisten.«

»Und du solltest diesen Auftrag allein erledigen. Ist das richtig?«

»Ja, das ist richtig.«

In diesem Augenblick meldete sich Ben-Zvi über den Knopf in Halons Ohr. »Frag ihn, wer die Israelis in den Hotels ermorden sollte.«

Ben-Zvis Einwurf erwies sich als überflüssig, denn

Halon hätte diese Frage jetzt ohnehin gestellt: »Du sagtest, dass auch Anschläge auf Hotels geplant waren, in denen bevorzugt Israelis Urlaub machen.«

»Ja, das stimmt.«

»Dafür hättest du doch Unterstützung gebraucht.«

»Die hatte ich auch. Ich musste iranische, pakistanische und libanesische Aktivisten führen.«

»Über wie viele Personen reden wir?«

»Die Iraner waren zu sechst, die Pakistaner zu siebt und die Libanesen ebenfalls zu sechst.«

»Alles erfahrene Leute?«

»Ja, die iranischen und pakistanischen Aktivisten, mit denen ich zusammenarbeiten sollte, hatten schon zuvor Attentate für den Geheimdienst verübt. Bei den Libanesen bin ich mir nicht sicher.«

»Wie funktionierte die Kommunikation mit deinem Betreuer?«

»Nach meiner Einreise nach Zypern erhielt ich über eine spezielle Schnittstelle des iranischen Geheimdienstes, die auf der WhatsApp-App basiert, Anweisungen über das Ziel des Attentats. Auf diese Weise erhielt ich ein Foto der Zielperson und dem Haus, in dem er wohnt. Ich bin in den Bereich des Hauses gegangen, in dem sich die Zielperson aufhielt, um Informationen zu sammeln und den Ort für Shoushtari Zadeh zu fotografieren.«

»Du wurdest von der Revolutionsgarde ausgerüstet und vorbereitet.«

»Ja.«

»Du hast also deine Zielperson ausgekundschaftet und Fotos von seinem Haus gemacht.«

»Ja.«

»Und warum bist du bei der Ausführung deines Plans gescheitert?«

»Mein Betreuer warnte mich, dass die Polizei nach mir sucht. ›Komm sofort zurück in den Iran. Die zyprischen Behörden sind alarmiert‹, teilte er mir mit. Ich hatte meinen Job noch erledigen wollen, aber er hatte es mir verboten.«

»Die Operation wurde also abgebrochen.«

»Ja. Derselbe Mann, der mich nach Limassol gebracht hatte, hat mich dort auch wieder abgeholt und zurück in den Norden Zyperns gebracht.«

»Wie bist du dann zurück in den Iran gelangt?«

»Mit einer normalen Linienmaschine von Istanbul aus.«

»Was passierte mit der Waffe?«

»Die habe ich verschwinden lassen.«

»Wie?«

»Ich habe einen abgelegenen Ort gesucht, die Waffe in mein Taschentuch eingewickelt, sie in einem Loch versteckt und das Loch anschließend mit Sand zugeschüttet.«

»Ist dir bekannt, was aus den iranischen, pakistanischen und libanesischen Aktivisten geworden ist? Befinden Sie sich noch auf Zypern, oder wurden sie ebenfalls gewarnt?«

»Das weiß ich nicht. Shoushtari Zadeh hat mir nach Abbruch der Operation untersagt, mit irgendwem Kontakt aufzunehmen.«

»Dann nenn mir die Aufenthaltsorte der drei Zellen.«

Das Verhör endete kurz nach Mittenacht.

Der Kommandeur der PARAS-Einheit wollte von Ben-Zvi wissen, ob die Zielperson neutralisiert werden sollte.

»Nein, haltet ihn fest, aber lasst ihn noch eine Weile leben«, sagte der Alte. »Wir werden ihn noch brauchen.«

Der Grund für Ben-Zvis abwartende Haltung war die Arbeit der Künstlichen Intelligenz.

Die KI am King Shaul Boulevard hatte in Sekundenschnelle alle von Yousef gelieferten Informationen ausgewertet, mit Millionen anderer Daten verglichen, alles in einen logischen Zusammenhang gebracht, gewichtet und darauf aufbauend ein perfektes Skript für die weitere Vorgehensweise formuliert.

***

Jerusalem – Nachdem der Ministerpräsident grünes Licht gegeben hatte, starteten die israelische Regierung und ihr Auslandsgeheimdienst eine große PR-Kampagne, um der Weltöffentlichkeit das wahre Gesicht des Mullahregimes zu zeigen. Dabei wurden nicht nur hochbrisante Details des Verhörs präsentiert, sondern Yousef Shahbazi Abbasalilu, der Leiter des Killerkommandos, kam auch selbst zu Wort, weil der Ministerpräsident entschieden hatte, dass wesentliche Teile des Videos veröffentlicht werden sollten. Trotzdem verpuffte diese gut durchdachte PR-Kampagne schon nach wenigen Tagen, weil die zu fast hundert Prozent in den Händen der globalen antizionistischen Linken liegenden Massenmedien das Thema einfach unter den Tisch kehrten.

Die Botschaft, die Israel vermittelte, war klar: Das Ziel des terroristischen Mullah-Regimes ist nicht nur die Zerstörung Israels, sondern die Herrschaft über die ganze Welt und der Export ihres Reichs des Bösen. Der Iran tut viel mehr als nur Uran anzureichern. Er versucht, Geschäftsleute in Ländern wie Europa zu ermorden. Wer auf der Seite Israels steht, steht auf der richtigen Seite, auf der Seite des Guten, auf der Seite des Friedens.

Der Mossad hatte sofort begonnen, wichtige Informationen mit den vertrauenswürdigen Partnern auf Zypern zu teilen. Es folgten gemeinsame Maßnahmen verschiedener Behörden. Daraufhin gelang es den zypriotischen Behörden, sämtliche Terrorzellen aufzulösen. Auch die Hintermänner der Terrorzellen konnten festgenommen werden.

Die Weltöffentlichkeit erfuhr, dass Yousef Shahbazi Abbasalilu detaillierte Anweisungen von hochrangigen Mitgliedern des Korps der Islamischen Revolutionsgarden erhalten hatte und dem vernehmenden Agenten genau gesagt hatte, wie das Komplott durchgeführt werden sollte und wo alle entsprechenden Materialien und Zellenmitglieder zu finden waren.

Und der Premierminister hatte auch diesmal die passenden Worte gefunden: »Wer immer uns auf die Probe stellt, sei es innerhalb der Grenzen oder außerhalb der Grenzen Israels: Wir werden ihm Zerstörung bringen. Wir werden nicht davor zurückschrecken, Gewalt anzuwenden, und wenn nötig, das Zentrum des Feindes treffen.«

In einer weiteren Erklärung des Mossad hieß es: »In einer einzigartigen, gewagten Mission auf iranischem Territorium gelang es uns, den Drahtzieher der Terrorzelle zu fassen, der dann bei seinem Verhör ein detailliertes Geständnis ablegte, was zur Aufdeckung und Zerschlagung der Terrorzellen auf Zypern führte.«

Und ein hochrangiger Mossad-Beamter ergänzte: »Wir werden uns jeden Beamten vorknöpfen, der den Terror gegen Juden und Israelis irgendwo auf der Welt vorantreibt, auch auf iranischem Gebiet.«

JULI 2023

Tel Aviv – Der Ministerpräsident wollte sein Versprechen, die Akteure und Hintermänner der geplanten Terroranschläge vollständig auszurotten, wahrmachen und hatte dem Mossad deshalb einen Freifahrtschein ausgestellt. Am King Shaul Boulevard machten sich verschiedene Planungsteams umgehend an die Arbeit. Die einzige Möglichkeit, den Iran von seiner Absicht, die Hisbollah in einen vorzeitigen Krieg mit Israel zu hetzen, abzuhalten, bestand darin, den Mullahs unmissverständlich klarzumachen, dass Israel es diesmal todernst meinte. Im Klartext hieß das, dass der Mossad die ganze Befehlspyramide bis hinauf zum Kopf des Geheimdienstes der Revolutionsgarde neutralisieren würde.

Der Leiter des Killerkommandos, Yousef Shahbazi Abbasalilu, lebte nach seiner Entführung durch die PARAS-Einheit noch drei Tage. Diese Zeit wurde benötigt, um auch die kleinsten Informationsbröckchen aus ihm herauszuquetschen. Die Analysten in der Zentrale kamen zu der Überzeugung, dass sich Yousefs Informationen bei der Planung der Elimination der zweiten Zielperson, Hassan Shoushtari Zadeh, einem hochrangigen Offizier der Abteilung 800 innerhalb der Iranischen Revolutionsgarde, als sehr wertvoll erwiesen.

Als der Ministerpräsident erfuhr, wie zeitaufwendig die

sorgfältige Planung der Neutralisierung der ganzen Befehlskette war, bedrängte er den Generaldirektor des Mossad, schnelle Ergebnisse zu liefern. »Ron, du weißt, dass der Iran der Hisbollah jeden Moment den Befehl erteilen kann, den totalen Raketenkrieg gegen uns zu entfesseln. Unser Militär ist zwar auf jedes Szenario vorbereitet, aber im Moment können wir uns einen Mehrfrontenkrieg im Norden einfach nicht leisten. Deshalb müssen wir den Iran *jetzt* abschrecken und nicht erst in einigen Monaten.«

Dahan wusste natürlich, dass sich ein Mehrfrontenkrieg mit der Hisbollah, dem Islamischen Dschihad und der Hamas schnell zu einem ausgewachsenen Krieg mit dem Hauptakteur, dem Iran, auswachsen konnte. In diesem Falle hätte Israel äußerst schlechte Karten, weil die für einen Krieg mit dem Iran benötigten Betankungsflugzeuge, die Israel in den USA bestellt hatte, nicht vor 2025 geliefert würden.

Politischer Druck, das wusste jeder im Mossad, war immer schlecht. Politischer Druck stellte eine nicht zu unterschätzende Gefahr für das Gelingen einer Operation dar.

Um eine Lösung zu finden, berief Dahan eine Besprechung mit seinen Abteilungsleitern ein. Nach einem mehrstündigen und zum Teil äußerst heftigen Wortgefecht kamen die Beamten zu dem Schluss, dass die Ziele auf der Liste nicht *nacheinander*, sondern *gleichzeitig* eliminiert werden mussten.

Und das relativ kurzfristig und mit einem Höchstmaß an Abschreckung für den Iran.

»Gleichzeitige Eliminierung bei gleichzeitig maximal abschreckender Wirkung«, fasste Dahan das Ergebnis zusammen. »Hat jemand eine Idee?« Dabei wandte er sich speziell an den vierunddreißigjährigen bärtigen Leiter der psychologischen Abteilung, Dov Goldstein, der die ganze Zeit geschwiegen hatte.

»Meine ehrliche Meinung? Abschreckende Wirkung, ja. Gleichzeitige Eliminierung, nein.«

»Warum nicht?«

»Weil wir uns dann umgehend in einem totalen Krieg befinden. Natürlich brauchen wir eine substantielle Antwort, aber wir sollten nicht so dumm sein und einen ausgewachsenen Krieg beginnen.«

Dahan wirkte jetzt leicht genervt. »Wie du selbst am besten weißt, ist in der muslimischen Welt nur das Auftreten von Bedeutung. Wir haben es mit einem Feind zu tun, der fundamental anders denkt als wir, der sich überhaupt nicht um Menschenleben schert.«

»Das weiß ich doch, Ron. Deshalb muss unser Angriff substantiell sein, darf aber keine weitere iranische Reaktion hervorrufen.«

»Was schlägst du also vor?«

»Wir wollen doch den Kern des Regimes treffen, oder?«

»Klar.«

»Dann sollten wir einen sichtbaren und bedeutenden Schlag ausführen. Wenn wir zum Beispiel ein Ölfeld zerstören und dann den schwarzen Rauch zwei Wochen lang über Teheran aufsteigen lassen, dann wird der Iran wirtschaftlich getroffen sein, und die gesamte muslimische Welt wird unsere Stärke erkennen. Vor allem aber wird das iranische Volk, das das Regime ablehnt, unsere Stärke erkennen.«

»Ein durchaus interessanter Gedanke. Das fiele dann

aber nicht in unseren Aufgabenbereich, sondern wäre eine Operation der IDF.«

»Wir kommen so nicht weiter«, seufzte Dr. Liya Shelah. »Lasst uns doch einfach die KI befragen.«

Liya war die Leiterin der Iran-Abteilung. Sie war eine zuverlässige, hochkompetente und brillant arbeitende Mitarbeiterin, dazu noch sehr attraktiv und immer gepflegt. Ihre bald fünfzig Jahre sah man ihr nicht mal im Ansatz an. Sie hatte sich auch nicht hochgevögelt, sondern war allein durch ihre überragende Kompetenz in diese wichtige Position gelangt.

Dahan schaute seine attraktive Abteilungsleiterin eine Sekunde lang konzentriert an. Vielleicht würde sie mal seine Stellvertreterin, dachte er. Ihr Vorschlag gefiel ihm. Er war einverstanden.

Als die KI zwanzig Minuten später ein wohldurchdachtes Konzept präsentierte, war die Verwunderung unter den Beamten groß. Sollte sich dieser verwegene Vorschlag tatsächlich realisieren lassen, dann wäre der Geheimdienst der Iranischen Revolutionsgarde auf lange Zeit gelähmt.

***

Beirut – Katia Dawydowa hatte ein kurzes schwarzes Kleid angezogen und freute sich auf das Dinner im »*Em Sherif*«, einem gediegenen Luxusrestaurant in Achrafieh, einem Stadtteil der Oberschicht im östlichen Beirut. Katia war Mitte dreißig, sehr gut gebaut und sehr hübsch. Aber natürlich viel zu alt für einen milliardenschweren Oligarchen wie Jewgenij Wassiljewitsch Wlassow. Das wusste sie natürlich, nahm es aber gelassen hin. Schließlich gehörte

Jewgenij zu Putins innerem Kreis, und dank dieser Bindung hatte sie anlässlich diverser Soireen im Kreml auch schon mal direkt neben dem Zaren sitzen dürfen. Außerdem wurde sie von ihrem Oligarchen regelmäßig in die besten Beiruter Restaurants ausgeführt, und wenn sie vom Shoppingwahn befallen wurde, was eigentlich ständig der Fall war, dann zeigte sich ihr Dickerchen großzügig. Dass Jewgenij fast zweihundert Kilo auf die Waage brachte und mit seinen 59 Jahren nicht immer einen hochbekam, störte sie nicht im Geringsten.

Katia war bis 2016 mit Oleg Dawydow, einem hohen SWR-Offizier verheiratet gewesen. Von ihm hatte sie auch zum ersten Mal von der kommunistischen Langzeitstrategie gehört, einer sehr realen Strategie, die im Westen aber immer noch als Verschwörungstheorie diskreditiert wurde, obwohl ihre zerstörerischen Absichten in jedem Bereich des Westens klar erkennbar waren. Früher hatte sich das Zentrum hinter dieser Strategie in Moskau befunden, später war Peking hinzugekommen, weil die globalen Finanzeliten, die hinter allen wesentlichen Vorgängen auf diesem Planeten standen, entschieden hatten, dass China das neue Steuerungszentrum der Welt zu sein habe. Von Oleg hatte sie auch erfahren, dass der innerste Kreis des SWR, der Nachfolgeorganisation des KGB, noch immer nach den Lehren Lenins ausgebildet wurde. »*KGB bleibt KGB, liebe Katia, auch wenn man uns in einen FSB und in einen SWR aufgespalten hat*«, hatte er ihr nicht nur einmal gesagt.

Die kommunistische Langzeitstrategie war in ihren Grundzügen bereits in den Sechzigerjahren entwickelt, in späteren Jahren immer mehr verfeinert und regelmäßig an die weltpolitischen Realitäten und Entwicklungen angepasst worden. In der Rückschau konnte man diese Strategie nur als beispiellosen Erfolg werten. Glasnost und Perestroika hatten zwar lange Zeit zu ihren größten Täuschungsmanövern gezählt, aber was in den letzten zwanzig Jahren mit dem Westen geschehen war, hatte selbst die kühnsten Erwartungen der Strategen des Weltkommunismus übertroffen.

Wenn sie an die Jahre mit ihrem ersten Mann Oleg zurückdachte, was in letzter Zeit immer häufiger der Fall war, dann waren es überwiegend die schönen Dinge, an die sie sich erinnerte. Am meisten hatte sie die Samstagvormittage geliebt, wenn Oleg sie auf den Schießplatz des SWR im Süden Moskaus mitnahm. Obwohl sie selbst kein Mitglied des SWR war, hatte sie dort Pistolen verschiedenen Kalibers ausprobieren dürfen, wobei sich schnell herausstellt hatte, dass sie ein echtes Naturtalent war. Reaktionsschnell, treffsicher und absolut stressresistent. »*Du hast das Zeug zur Auftragskillerin*«, hatte Oleg ihr mal mit einem gewissen Maß an Bewunderung gesagt. »*Aber da du meine Frau bist, erlaube ich es dir nicht.*«

Während Jewgenij Wlassow sich im Schlafzimmer aufhielt, um eine passende Krawatte für den Besuch im »*Em Sherif*« zu wählen, dachte Katia zum ersten Mal daran, nach sieben Jahren Trennung zu Oleg zurückzukehren.

***

»*Em Sherif*«, Achrafieh (*Ostbeirut*) – Die KI am King Shaul Boulevard hatte Wlassows Handy tagelang überwacht.

Deshalb hatte der Mossad schon vor drei Tagen von seinem für diesen Abend geplanten Restaurantbesuch erfahren. Der Oligarch hatte in dem wohl exklusivsten Restaurant Beiruts einen Tisch für zwei Personen bestellt.

Halon und seine Begleiterin Liat trafen gegen 20 Uhr 30 ein, als das Restaurant gerade mal zur Hälfte gefüllt war. Den Tisch hatte ihnen General Catroux, der Chef des libanesischen Geheimdienstes, organisieren müssen, da das *Em Sherif* fast jeden Abend komplett ausgebucht war.

Die beiden israelischen Agenten wurden an einen Tisch in einer hinteren Ecke des Raums geführt, was Halon durchaus gelegen kam. Sie hatten gerade Platz genommen, als Halons Smartphone blinkte. Der Anrufer war der dreiundzwanzigjährige Amir Peretz, einer von drei *kidonim*, die ihm das Büro für diesen Abend zugeteilt hatte. Amir saß in einem schwarzen Peugeot 208 auf der anderen Straßenseite, ungefähr fünfzig Meter vom *Em Sherif* entfernt. »Er ist gerade angekommen.«

»Wie viele?«

»Sie haben sich ein Taxi genommen, nur das Zielobjekt und seine Begleiterin. Keine Personenschützer.«

Umso besser, dachte Halon.

Dann stand er auf. »Entschuldige mich für einen Moment«, sagte er zu Liat, während seine Begleiterin unauffällig die Gäste musterte. Soweit sie es beurteilen konnte, saßen an den anderen Tischen ausschließlich gutbetuchte Libanesen und Ausländer, aber keine SWR-Typen.

Auf dem Weg zu den Waschräumen hielt Halon Ausschau nach diskret angebrachten Kameras. Die Waschräume wurden komplett videoüberwacht, wie er schnell feststellte. Die einzige Stelle, die seiner Überzeugung nach unbeobachtet war, war der Wandfeuerlöscher in dem Gang, der zu den Waschräumen führte.

Er verließ die Waschräume wieder und war jetzt die einzige Person, die sich im Gang aufhielt. Bevor er ins Restaurant zurückkehrte, zog er einen silbrigen, nur wenige Zentimeter großen Metallzylinder mit Magnethaftung aus der Seitentasche seines Jacketts und heftete ihn unauffällig an die Rückseite des Feuerlöschers.

Auf dem Weg zu seinem Tisch beobachtete er, wie der *Patron* des Hauses seinen Stammgast und seine Begleiterin persönlich willkommen hieß.

»Such uns was Leckeres aus«, sagte er im Vorbeigehen zu Liat, die bereits in die Speisekarte vertieft war.

Sie sah zu ihm auf. »Was ist? Willst du dich nicht setzen?«

»Ich muss erst eine rauchen.«

Er ging nach draußen, und während er ein Päckchen Marlboro aus der Seitentasche seines Jacketts zog, beobachtete er unauffällig die Straße.

Er entfernte sich vom Eingang, zündete sich eine Zigarette an und schlenderte die Straße entlang. Links von ihm, in der *Roucheid El Dahdah* parkte ein weißer Krankenwagen mit libanesischem Kennzeichen. Im hinteren Teil des Fahrzeugs warteten zwei junge *kidonim*, Ilay Friedman und Elon Mor, auf ihren Einsatz. Der Fahrer des Krankenwagens war ein Vertrauensmann von General Catroux.

Während Halon seine Zigarette zu Ende rauchte, beobachtete Liat, wie Wlassow und seine Begleiterin zu einem der hinteren Tische geführt wurden.

Halon kehrte zurück ins Restaurant und setzte sich wieder zu Liat an den Tisch. »Hast du schon gewählt?«

»Nein. Ich esse erst, wenn wir dies hier zu Ende gebracht haben.«

Halon schmunzelte und griff nach der Speisekarte. »Wir müssen zumindest so tun, als wären wir nur wegen der exquisiten orientalischen Küche hier.«

»Das Lokal ist schon zu ungefähr drei Viertel gefüllt.«

»Je mehr Leute, desto besser.«

Eine Bedienung trat an ihren Tisch. »Sie wählen noch?«

Liat lächelte den Mann mit großen unschuldigen Augen an. »Bei so vielen Köstlichkeiten fällt einem die Wahl wirklich schwer.« Sie sprach perfektes Beiruter Arabisch.

Der Mann nickte höflich lächelnd. »Lassen Sie sich bitte Zeit.«

Als die Bedienung außer Hörweite war, sagte Liat: »Ehrlich gesagt, möchte ich hier keinen Staub ansetzen.«

Halon blickte kurz hinüber zum Eingang. Das Lokal füllte sich. »Noch zehn Minuten.« Dann schweifte sein Blick wieder über die Speisekarte.

Zehn Minuten später legte Halon die Speisekarte zur Seite und zwinkerte Liat kurz zu. Dann griff er nach dem Smartphone neben seinem Teller und drückte eine bestimmte Zahlenkombination.

Der Sprengsatz machte extrem viel Lärm, war aber so dosiert, dass er nur dichten schwarzen Rauch erzeugte und kaum materiellen Schaden verursachte.

Im Restaurant brach Panik aus.

Da es mit dem Verhältnis zwischen libanesischen Christen und Moslems ohnehin nicht zum Besten stand, dachte fast jeder an einen Terroranschlag der Hisbollah. Tische und Stühle stürzten um und alles drängte in panischer Angst dem Ausgang entgegen.

Liat war voll konzentriert, als der schlichte Ring an ihrer linken Hand kurz die Hand von Jewgenij Wassiljewitsch Wlassow streifte, was dieser in seiner Aufregung noch nicht einmal registrierte. Das neue, extrem schnell wirkende Betäubungsmittel des israelischen Auslandsgeheimdienstes ließ den 200 Kilogramm schweren Oligarchen kurzzeitig wanken, dann verdrehte er die Augen und fiel schließlich bewusstlos zu Boden.

Halon schützte den am Boden liegenden Mann schnell mit seinem Körper, damit ihn die in Panik geratene Menge nicht zertrampelte. »Schnell, einen Krankenwagen!«, rief er in die Menge.

In der allgemeinen Panik war niemandem aufgefallen, dass der Krankenwagen mit eingeschaltetem Blaulicht nach nur einer Minute vor dem Lokal stand. Die Heckklappe öffnete sich und die beiden *kidonim* sprangen mit einer Krankenbahre heraus. Sie drängten sich mit der Bahre durch einen Pulk von verängstigten Gästen. Als sie Halon erreichten, hoben sie den bewusstlosen Oligarchen zu dritt auf die Bahre.

»*Warten Sie, ich komme mit! Ich bin seine Frau!*«, rief Katia Dawydowa, Wlassows Begleiterin.

Die beiden *kidonim* ignorierten sie. Sie trugen die Bahre mit Wlassow zum Krankenwagen, schoben sie schnell hinein und sprangen dann hinterher.

Der Fahrer des Wagens schlug die Türen zu, und bevor Katia Dawydowa noch etwas sagen konnte, war der Krankenwagen mit Blaulicht und Martinshorn in der Nacht verschwunden.

***

In der Nähe von Alayh, 15 Kilometer südöstlich von Beirut –
Halon saß rauchend auf einem Stuhl. Den Bewusstlosen
behielt er die ganze Zeit im Auge. Das kleine Gehöft, das
ihm von General Catroux zur Verfügung gestellt worden
war, lag tief verborgen in einem kleinen Waldstück in der
Nähe der Gebirgsstadt Alayh. Der Großraum Alayh war
überwiegend christlich, mit vielen Siedlungen, die mehr-
heitlich von Christen bewohnt waren.

Jewgenij Wassiljewitsch Wlassow erwachte in einem
karg eingerichteten Zimmer. Das Leben kehrte allmählich in ihn zurück. Er öffnete die Augen, blickte unter die
Decke, suchte Orientierung. Er richtete seinen Oberkörper
etwas auf und warf einen vernebelten Blick auf Halon. Danach sackte er mit geschlossenen Augen wieder zurück.

»Wo willst du ihn verhören?«, fragte Liat, die hinter ihm
stand.

»Nebenan. Schau mal nach, ob Ilay und Elon schon alles
aufgebaut haben.«

Wlassow regte sich.

Liat ging in den benachbarten Raum und kam kurz darauf mit Ilay und Elon zurück.

»Wo ist der Fahrer?«, fragte Halon.

»Er wartet draußen im Krankenwagen«, erwiderte Ilay.

Es dauerte eine weitere Minute, bis Wlassow zum ersten
Mal den Mund aufmachte. »Und?«

»Kaffee? Tee?«, fragte Halon auf Englisch und drückte
seine Zigarette aus.

Pause.

»Geben Sie mir noch zwei Minuten. Ich fühle mich be-
schissen«, antwortete er leise, mit schleppender Stimme
und einem starken russischen Akzent.

»Kaffee«, sagte er schließlich.

Halon gab den *kidonim* ein Zeichen, sie sollten zurück in die Küche gehen und frischen Kaffee aufsetzen.

Die beiden Agenten verließen den Raum. Während Elon die Kaffeemaschine anstellte, baute Ilay das Stativ mit der Kamera auf, die für die Liveübertragung nach Tel Aviv benötigt wurde.

Nach weiteren fünf Minuten hatte Wlassow einen Teil seiner Klarheit zurückerlangt. Er konnte aufstehen und stellte Halon die erste Frage: »Und? Was machen wir jetzt?«

Halon erhob sich ebenfalls. »Wir gehen in die Küche, trinken eine Tasse Kaffee und unterhalten uns. Folgen Sie mir.«

In der Küche bot er dem Russen einen Platz an. »Setzen Sie sich.«

Wlassow nahm Platz. Halon setzte sich ihm gegenüber.

Ilay schenkte ihnen Kaffee ein.

Halon gab den beiden *kidonim* ein Zeichen, die Küche wieder zu verlassen.

Halon schwieg auffällig lange. Er betrachtete nur das Gesicht seines Gegenübers. »Wie fühlen Sie sich?«, fragte er schließlich.

»Ich habe mich schon mal besser gefühlt.«

»Wir haben alle Zeit der Welt.«

Wlassow nippte an seinem Kaffee. »Kann ich meine Krawatte ablegen?«

»Tun Sie sich keinen Zwang an.«

»Mein Jackett auch?«

Halon nickte.

Wlassow stand auf, zog sich das Jackett aus und legte es über die Lehne des Stuhls neben ihm. Ihm fiel auf, dass man ihm sein Handy und seine Brieftasche abgenommen hatte. Dann lockerte er die Krawatte und legte sie sorgfältig über seine Jacke. Er setzte sich wieder und nahm einen Schluck von dem kolumbianischen Kaffee. »Kompliment, der Kaffee ist gut.«

»Man sagte mir, dass es hier reichlich davon gibt. Möchten Sie auch etwas essen?«

»Nein, danke, ich habe keinen Appetit. Wo ist meine Frau?«

»Es geht ihr gut.«

»Kann ich sie anrufen?«

»Nein. Wie heißen Sie?«

Wlassow lachte spöttisch. »Wollen Sie mich auf den Arm nehmen? Sie wissen doch, wer ich bin.«

»Ich will es von Ihnen hören.«

»Jewgenij Wassiljewitsch Wlassow. Ich mag keine Spielchen.«

»Geburtstag?«

»1. Februar 1964.«

»Wie stehen Sie zur russischen Regierung?«

»Sie fragen mich das nicht im Ernst, oder? Selbstverständlich stehe ich loyal zu meiner Regierung. Ich bin einer der besten Freunde des Präsidenten der Russischen Föderation.«

In diesem Moment blinkte Halons Handy.

Der Anrufer war der dreiundzwanzigjährige *kidon* Amir Peretz.

Halon nahm den Anruf entgegen und ließ sich berichten.

Amir hatte in den vergangenen neunzig Minuten Wlassows Luxusanwesen komplett auf den Kopf gestellt. Katia

Dawydowa hatte ihm in ihrer Todesangst unfreiwillig assistiert. Sie hatte fest damit gerechnet, getötet zu werden, aber der junge Mann hatte ihr nur gesagt, dass er grundsätzlich keine unschuldigen Menschen töte. Amir hatte sämtliche Daten von den beiden Computern, mit denen das russische Paar arbeitete, abgezogen und über eine sichere Leitung zur Blitzanalyse nach Tel Aviv gesendet. Mehr konnte er im Moment nicht tun.

Halon bedankte sich für die Information.

»Das habe ich mir gedacht«, sagte Wlassow, nachdem Halon sich ihm wieder zuwandte.

»*Was* haben Sie sich gedacht?«

»Dass Sie vom Mossad sind.«

Halon sagte nichts. Sein Handy blinkte ein weiteres Mal. Es war Aryeh Ben-Zvi, der Chef der Operationsabteilung. Er saß rauchend in seinem Büro am King Shaul Boulevard und verfolgte das Verhör live.

»*Ich fasse mich kurz, Avi*«, begann er. »*Wir haben Amirs Daten erhalten. Die KI hat nur wenige Minuten gebraucht, um ein vollständiges Bild über die Umstände zu liefern, die schließlich zu Ohads Ermordung geführt haben. Ohad hat in seinem Leichtsinn praktisch sämtliche Regeln des Büros missachtet und einen der bedeutendsten russischen Oligarchen erpresst.*«

Geradezu unverantwortlich, dachte Halon. »Danke für die Information. Ich melde mich später.«

Das Gespräch war beendet.

Halon schaute sein Gegenüber eine Weile ausdruckslos an. »Wir haben in Ihrem Haus ziemlich belastendes Material gefunden«, sagte er schließlich, während er sich eine Zigarette anzündete.

Wlassow zuckte nur mit den Schultern, aber sein Gesicht hatte bereits deutlich an Farbe verloren. Zwei Sekunden lang betrachtete er die zehn Zentimeter lange Narbe, die von Halons rechtem Wangenknochen bis zu seinem Kinn verlief. Dann schaute er wieder in seine kalten blaugrauen Augen. »Was wollen Sie von mir? Meine Kooperation?«

Halon antwortete ganz ruhig. »Ich bin kein Ermittler, Jewgenij Wassiljewitsch. Ich bin der Vollstrecker. Allerdings möchte ich vorher einige Dinge von Ihnen wissen.«

»Sie wollen mich liquidieren.«

»Möglicherweise. Aber wenn Sie kooperativ sind, haben Sie eine Überlebenschance. Wie viel hat er von Ihnen verlangt?«

»Zehn Millionen Dollar.«

»In Anbetracht Ihres Vermögens eine geradezu lächerliche Summe.«

»Das stimmt, aber da bin ich konsequent.«

»Wer hat den Auftrag ausgeführt?«

»Eine Spezialeinheit des SWR. Mehr weiß ich nicht. Die Spezialisten kommen mit falschen Papieren ins Land, führen den Auftrag aus und verschwinden wieder.«

Halon nickte zustimmend. »Anderes Thema: Wie stehen Sie zu der täglich enger werdenden Zusammenarbeit zwischen Ihrem Land und dem Iran?«

Wlassow dachte kurz nach. »Wenn ich jetzt was Falsches sage, liquidieren Sie mich auf der Stelle.«

»Nein, ich bin nur neugierig.«

»Hat Ihr Ministerpräsident meine Liquidierung überhaupt schon genehmigt?«

»Das ist nicht nötig. Das kann ich selbst entscheiden. Ich bin sozusagen Freiberufler.«

Wlassow stieß einen tiefen Seufzer aus. »Sie müssen das alles in einem viel größeren Rahmen sehen. Ich muss da etwas ausholen.«

»Ich höre.«

»Nach dem Zusammenbruch der Sowjetunion sind viele russische Atomwissenschaftler in den Iran gegangen, um die Grundlagen für das iranische Atomwaffenprogramm zu legen. Heute wird der Iran von uns, von China und von Nordkorea unterstützt, und trotz aller Sanktionen ist es dem Iran gelungen, die ganze Welt zu täuschen und sein Atomwaffenprogramm voranzutreiben.«

»Ist mir bekannt.«

»Aber worum geht es wirklich?«

Halon schwieg.

Wlassow fuhr fort. »Es geht um die kommunistische Langzeitstrategie. Die Kommunisten brauchen den radikalen Islam, um den Westen zu zerstören. Kommunismus kann nicht funktionieren, wenn er auf ein einziges Land begrenzt bleibt. Wenn man sie nicht einmauert, würden die Menschen in einem kommunistischen Land immer in das benachbarte freie Land flüchten. Kommunismus kann nur funktionieren, wenn er als Weltkommunismus installiert wird.«

»Das leuchtet mir ein. Aber Putin ist doch kein Kommunist.«

»Nein, aber das System hinter beziehungsweise über ihm. Die kommunistische Langzeitstrategie wurde vor über sechzig Jahren von den besten Köpfen des KGB entwickelt. Im Laufe der Jahre verschoben sich die Dinge dann aber immer mehr von Moskau nach Peking. Peking gibt heute den Ton an. Aber natürlich immer in

Abstimmung mit Moskau. Aufgabenteilung sozusagen. Die Kommunistische Partei Chinas hat heute weite Teile des Westens infiltriert. Kanada, Amerika, Westeuropa, Australien und jetzt auch Brasilien haben praktisch keine Überlebenschance. Die Bevölkerungen in diesen Ländern sind dermaßen gehirngewaschen, dass ihr endgültiger Tod nur noch eine Frage von wenigen Jahren ist. Im Rahmen der kommunistischen Langzeitstrategie ist der radikale Islam nur ein Werkzeug. Sobald der Kommunismus global installiert ist, wird der radikale Islam nicht mehr benötigt. Er hört dann einfach auf zu existieren.«

»Wir reden hier von einer gewaltigen Anzahl Menschen.«

»Und?«

»GULAG?«

»Nein, Ausrottung.«

»Sie gehören zu Putins innerem Kreis?«

»Vielleicht.«

»Was ist er für ein Mensch?«

»Wladimir Wladimirowitsch ist der mächtigste, intelligenteste und gefährlichste Mensch der Welt.«

»So reden Sie über einen Freund?«

»Tun Sie nicht so naiv.«

Halon zündete sich eine weitere Marlboro an und hielt seinem Gegenüber dann die Schachtel hin.

»Nein, danke, ich rauche nicht. Aber vielleicht haben Sie etwas Hochprozentiges hier.«

Halon rief nach den *kidonim*, die bei Liat im Wohnzimmer saßen. Als Ilay den Kopf durch die Tür steckte, forderte Halon ihn auf, nach einer Flasche Wodka Ausschau zu halten.

Ilay kam kurz darauf mit einer Flasche vierzigprozentigem Beluga Wodka zurück.

Wlassows Augen strahlten. »Dass Sie mich kurz vor meiner Hinrichtung noch verwöhnen, ehrt Sie.«

Ilay öffnete die Flasche und stellte sie dann zusammen mit zwei Gläsern auf den Tisch.

Wlassow schenkte sich ein Glas ein, leerte es in einem Zug und füllte sein Glas erneut. Dann fragte er Halon, ob er ihm auch ein Glas einschenken dürfe. Halon verneinte.

»Jetzt hören Sie mir mal genau zu, Sie israelischer Agent. Der Plan des Iran besteht nicht nur darin, die Hisbollah von der Leine zu lassen, sondern *alle* Stellvertreter, mit denen der Iran Israel umzingelt hat, gleichzeitig: Die Hamas und den Islamischen Dschihad im Gazastreifen, die Hisbollah im Libanon und in Syrien, die Huthis im Jemen und so weiter und so fort. Alle iranischen Stellvertreter sollen Israel an einem Tag X, den nur der oberste Revolutionsführer festlegt, gemeinsam mit einem Raketenregen überziehen. Und das wissen Sie so gut wie ich, das würde Ihr Land nicht überleben.«

»Der Iran aber auch nicht«, sagte Halon trocken.

»Das wissen die Mullahs natürlich. Deshalb hat ihr Atomprogramm oberste Priorität. Zuerst müssen sie die Bombe haben. Erst danach werden sie ihre Stellvertreter von der Leine lassen.«

»Sie wollen mir also sagen, dass, sobald der Iran die Bombe hat und der Raketenregen von allen Seiten auf Israel herniederprasselt, Israel zu gelähmt wäre, um den Iran noch anzugreifen?«

»Ja.«

»Dann darf ich Sie aufklären: Sobald der Iran die

Bombe hat, wird ein Raketenregen auf die iranischen Atomanlagen niederprasseln.«

»Und was werden Russland, Amerika und China dann mit Ihnen machen?«

»Ich denke, das wäre uns dann egal.«

»Fakt ist, dass mein Land, Amerika und China auf einer sehr hohen Ebene zusammenarbeiten.«

»Bekommt Ihnen der Wodka nicht?«

»Mit hoher Ebene meine ich natürlich nicht die jeweiligen Regierungschefs, sondern das System dahinter, falls Sie mir folgen können. Und möchten Sie wissen, gegen wen diese Drei hauptsächlich arbeiten? Gegen Sie! Gegen Israel!« Wlassow schaute jetzt über Halons Kopf hinweg direkt in die Videokamera. »Sie zeichnen dieses Verhör doch auf, stimmt's? Sollen sich doch Ihre Analytiker in Tel Aviv um den Sinn meiner Worte kümmern. Der Wodka ist übrigens sehr gut.«

Das Verhör währte bis kurz nach Mitternacht.

Ben-Zvi, der in seinem Büro am King Shaul Boulevard das Gespräch aufmerksam mitverfolgt hatte, entschied, dass Wlassow am Leben bleibt.

»Warum?«, fragte Halon. »Er hat einen unserer besten Agenten töten lassen.«

»Mach, was ich dir sage, Avi. Bring den Mann einfach nach Hause. Die GPS-Daten hast du.«

Ilay und Elon packten die Videoausrüstung zusammen, überprüften die einzelnen Räume, ob sie etwas vergessen hatten und erklärten ihrem *katsa* dann, dass sie abmarschbereit wären.

»Wo fahren wir jetzt hin?«, fragte Wlassow, während er sich vom Tisch erhob und seine Krawatte und sein Jackett vom Stuhl nahm.

»Wir fahren jetzt zu Ihrem kleinen Anwesen. Ihre Frau erwartet Sie dort.«

»Meine Brieftasche und mein Handy hätte ich aber gern wieder.«

Halon nickte Elon zu. Dieser überreichte dem Oligarchen sein Eigentum.

Sie gingen nach draußen.

Der Fahrer des Krankenwagens ließ den Wagen an.

Wlassow und die beiden *kidonim* nahmen zwischen verschiedenen Geräten zur medizinischen Erstversorgung im hinteren Teil des Wagens Platz, Liat und Halon kletterten nach vorne zum Fahrer.

»Was machen wir jetzt?«, fragte Liat.

»Wir bringen ihn nach Hause.«

»Warum lebt er noch?«

»Aryeh bestand darauf.«

»Warum?«

»Ich habe ihn nicht gefragt.«

Nach etwa zwanzig Minuten Fahrt bog der Krankenwagen in eine prächtige breite Straße ein, die zu Beiruts exklusivstem Wohnviertel führte.

Vor der prunkvollen Einfahrt der kleinen Residenz machte der Wagen Halt. Im selben Augenblick gab es einen Wolkenbruch. Es begann wie aus Kübeln zu regnen.

Halon griff nach seinem Handy und rief Amir an.

»Schnapp dir die Frau und komm mit ihr nach draußen,

wir warten vor der Einfahrt. Sag ihr, dass sie ihren Fettkloß zurückerhält. Und bring zwei große Regenschirme mit.«

Fünf Minuten später standen sich Katia Dawydowa und ihr Multimilliardär gegenüber. Amir reichte dem Oligarchen seinen Regenschirm und sprang dann in seinen Peugeot 208, der am Straßenrand parkte.

Halon stieg nicht aus. Im Licht der Autoscheinwerfer und durch die sich emotionslos bewegenden Scheibenwischer sahen sich Wlassow und er ein letztes Mal an.

***

Beirut – Am nächsten Tag rief Halon General Catroux an und bat ihn um ein Treffen. Die beiden Geheimdienstler kamen überein, dass die syrisch-maronitische St-Georgs-Kathedrale unweit der sicheren Wohnung um die Mittagszeit der richtige Ort für ein konspiratives Treffen war.

Catroux' Wagenkolonne stoppte um Punkt zwölf Uhr vor der Kathedrale. Begleitet von zwei Personenschützern spurtete der *Generaldirektor für Staatssicherheit,* Generalmajor Josef Catroux, ein melkitisch-griechischer Katholik, über den Vorplatz. Nachdem er behände die zahlreichen Stufen, die zur Kathedrale emporführten, genommen hatte, verschwand er in der kühlen Dunkelheit, die hinter dem prachtvollen Portal der Kirche begann. Er nahm seine Schirmmütze ab und machte eine Kniebeuge.

Halon, der das Portal ständig im Auge behalten hatte, trat hinter einer Säule hervor.

Catroux erkannte ihn und gebot seinen Bodyguards in der Nähe des Portals auf ihn zu warten.

Die beiden Männer gingen aufeinander zu, begrüßten

sich per Handschlag und wählten eine Bank für ihr Gespräch.

Sie setzten sich.

»Ich nehme an, es hat nicht alles so geklappt, wie Sie es sich vorgestellt haben, Halon«, begann Catroux das Gespräch.

Halon schwieg.

»Ich war fest davon ausgegangen, dass Sie Wlassow in eine bessere Welt schicken würden.«

»Nein.«

»Und warum nicht?«

»Es wurde mir nicht erlaubt.«

»Und jetzt?«

»Meine Arbeit hier ist vorerst beendet. Die Gulfstream, die uns in den Libanon gebracht, holt uns morgen in Dibbine ab.«

»Kein Problem, ich werde Sie wieder sicher dorthin geleiten.«

»Danke. Soll ich Ihnen was verraten, General?«

»Bitte.«

»Was unsere nahe Zukunft betrifft, habe ich ein ganz schlechtes Gefühl.«

»Dieses Gefühl teile ich.«

»Für uns als Israelis ist nur wichtig, wie die Region uns sieht. Haben wir ein Image von Macht, oder haben wir kein Image von Macht? Wenn wir als mächtig wahrgenommen werden, werden wir respektiert, wenn wir als ohnmächtig wahrgenommen werden, sind wir dem Untergang geweiht. So funktioniert der Nahe Osten. Das wissen Sie genauso gut wie ich. Wir beide verstehen den Mindset hier im Nahen Osten, aber bei uns gibt es einen relativ

147

hohen Prozentsatz von Traumtänzern, der das nicht versteht. Sie verstehen nicht, wie unsere Feinde denken. Alle Kriege, in die Israel seit seiner Gründung verwickelt war, haben gezeigt, dass uns unsere Feinde immer von mehreren Seiten angreifen, um unsere Truppen an mehreren Fronten zu binden. Also ist die Wahrscheinlichkeit hoch, dass auch der nächste Krieg wieder ein Mehrfrontenkrieg ist. Dank der Unterstützung, die der Iran durch die USA, durch Russland und durch China erfährt, sammelt der Iran natürlich Macht im Nahen Osten. Er unternimmt große Anstrengungen, um die Kräfte im Libanon, in Syrien, im Irak, im Jemen und in Gaza zu verbinden. Das ist sein Traum, alle diese Kräfte zu bündeln, um Israel von allen fünf Fronten aus zu attackieren. Deshalb sollten wir uns ausschließlich auf den Iran konzentrieren. Wenn wir den Iran in die Knie zwingen, haben seine Proxys kein Rückgrat mehr, auf das sie sich verlassen können. Wir müssen dem Oktopus den Kopf abschlagen, statt uns mit seinen Tentakeln zu befassen. Das ist natürlich nicht leicht zu bewerkstelligen, weil der Iran nun mal nicht in unserer Nähe liegt, weil wir durch Jordanien und den Irak …«

»Entschuldigen Sie, wenn ich Sie unterbreche, Halon. Aber eins weiß ich, dafür kenne ich die israelische Mentalität einfach zu gut: Wenn Israel durch eine echte Gefahr bedroht wird, dann werden alle Israelis zu den Waffen greifen.«

»Das hoffe ich, General.«

»Selbstverständlich würde es so kommen. Kennen Sie Ihre eigene Geschichte nicht? Israel ist ein Leuchtfeuer in einem der finstersten Winkel der Welt. Juden brachten biblische Werte, westliche Werte, Wohlstand in eine

Region, die vor nicht allzu langer Zeit ein von Mücken heimgesuchtes Sumpfgebiet war, in dem geteilte Clans lebten, die sich unter fadenscheinigen Vorwänden gegenseitig die Kehlen aufschlitzten. Schauen Sie, was aus Ihrem Land geworden ist, nachdem Gott sein Volk aus allen Teilen der Welt herbeigerufen hat. Israel ist ein einziges Wunder.«

Halon schmunzelte. »Sie sind ein brillanter Psychologe, General.«

»Danke. Ich weiß, dass Sie die Bibel nicht kennen, Halon. Deshalb haben Sie auch überhaupt keine Vorstellung davon, was es heißt, zum auserwählten Volk Gottes zu gehören. Sie haben überhaupt keine Vorstellung davon, was es heißt, der Augapfel Gottes zu sein. Sie wissen auch nicht, dass das, was der Prophet Hesekiel in Kapitel 38 beschreibt, schon bald geschehen wird. Im Geist Gottes ist das alles schon passiert, aber schon bald wird es sich in unserer Realität manifestieren. Ihr Land lebt in einem unvorstellbaren Wohlstand, Halon, sie verfügen über die besten Köpfe des Planeten. Meinen Sie nicht, dass das den Rest der Welt neidisch macht? Russland, der Iran und die Türkei, unterstützt von Libyen und dem Sudan, werden Ihr reich gesegnetes Land gemeinsam überfallen. Glauben Sie mir, das dauert nicht mehr lange. Unter normalen Umständen hätte Israel gegen diese Übermacht nicht den Hauch einer Überlebenschance, aber der Gott Israels wird übernatürlich eingreifen und Israels Feinde vernichten.«

Halon erinnerte sich, was Ben-Zvi ihm gesagt hatte: Der *memuneh*, der aus einer orthodoxen Rabbinerfamilie stammte, war offensichtlich der gleichen Meinung. »Was ist mit Saudi-Arabien?«

»Fragen Sie mich das im Zusammenhang mit Hesekiel 38?«

»Ja.«

»Das Königreich wird lautstark protestieren, wenn Israel von allen Seiten angegriffen wird, aber es wird sich nicht gegen Israel stellen.«

»Woher wollen Sie das so genau wissen?«

»Weil es so bei Hesekiel steht.«

»Saudi-Arabien gab es damals doch gar nicht.«

»Keinen der Beteiligten gab es damals. Saudi-Arabien nennt Hesekiel *Sheba und Dedan*. Libyen nennt er *Put* und den Sudan *Kush*. Das waren die Namen dieser Gegenden zur Zeit des Propheten.«

»Und Russland?«

»*Magog, Meschech und Tubal.*«

»Die Türkei?

»*Gomer und das Haus Bet-Tomarga.*«

»Iran?«

»*Paras.*«

»Was ist mir China und Nordkorea?«

»Bei Hesekiel findet sich kein Wort über sie. Aber das heißt nichts. Ich glaube schon, dass sie auf irgendeine Weise beteiligt sein werden.«

»Wann hat Hesekiel das prophezeit?«

»Vor rund zweieinhalbtausend Jahren.«

»Es ist interessant, dass sich diese Allianzen, die der Prophet vor zweieinhalbtausend Jahren prophezeit hat, gerade jetzt vor unseren Augen bilden.«

»Sage ich doch, lange kann es nicht mehr dauern.«

»Wird Putin der Angreifer sein?«

»Bin ich Jesus? Woher soll ich das wissen? Entweder Putin oder sein Nachfolger.«

»Was für eine verdammte Scheiße. Wäre Trump

Präsident geblieben, wäre uns das alles erspart geblieben.«

»Lag alles in Gottes Vorsehung, Halon. Wäre Trump Präsident geblieben, hätten wir vielleicht vier Jahre Zeit gewonnen. Aber verhindert worden wäre nichts. Gottes Wort ist unfehlbar. Alles wird genau so kommen, wie es uns die Bibel sagt.«

»Aktuell führt Trump in allen Umfragen. Sieht ganz so aus, als ob er die Wahlen im nächsten Jahr gewinnt.«

»Ja, sieht so aus. Aber glauben Sie im Ernst, dass sie ihn noch mal vier Jahre machen lassen? Die werden ihn vorher ausschalten. Entweder bringen sie ihn vorher hinter Gitter oder sie legen ihn um.«

»Kennen Sie den Film *2000 Mules*?«

»Klar, der Film ist doch erst im letzten Jahr herausgekommen. Millionen Menschen haben ihn gesehen. Der Film beschreibt genau, wie die Wahlfälschung von 2020 abgelaufen ist. Und, ist was passiert? Gab es irgendwelche Konsequenzen? Ist irgendjemand verhaftet worden? Niemand! Stattdessen wird der rechtmäßige Präsident der USA mit Prozessen überzogen. Daran können Sie doch klar erkennen, dass mächtige Kräfte im Hintergrund wirken.«

Halon seufzte. »Okay. Erst mal vielen Dank für alles, was Sie für uns getan haben, General. Wir sehen uns morgen. Wegen der genauen Uhrzeit telefonieren wir noch.«

***

Tel Aviv – Ronit kehrte zur weiteren Ausbildung zurück an die Mossad-Akademie. Ihr war klar, dass sie noch nicht einmal fünf Prozent dessen gelernt hatte, was für einen normalen Mossad-Rekruten zum Pflichtprogramm zählte. Die praktische Erfahrung, die sie in Beirut an der Seite von Ohad Iluz und an der Seite ihres Vaters gewonnen hatte, kamen ihr jetzt zugute. Allerdings bereute sie es, dass sie sich nicht erneut mit Julia al-Banna getroffen hatte.

Für Liat blieb das Leben, wie es schon immer gewesen war, abwechslungsreich und gefährlich. Nach ihrer Rückkehr nach Israel wurde sie dem für Syrien zuständigen *katsa* zugeteilt.

Vor seiner Rückreise in die Berliner Residentur, wo viele neue Aufgaben auf ihn warteten, traf sich Avi Halon noch einmal mit dem Leiter der Operationsabteilung in dessen Büro am King Shaul Boulevard.

»Und jetzt verrate mir bitte, warum Wlassow überleben sollte«, sagte er.

Ben-Zvi lehnte sich zurück und zündete sich eine Zigarette an. »Avi, dir ist klar, dass das Abraham-Abkommen, trotz all seiner Vorteile für uns, den Iran näher an die Seite Russlands geführt hat.«

»Dessen bin ich mir vollauf bewusst.«

»Es war nicht einfach, aber schließlich ist es uns doch gelungen, mit Russland eine gemeinsame Basis zu finden. Russland möchte seine Position als dominanter Alliierter des Assad-Regimes behalten. Wir versorgen Russland regelmäßig mit Geheimdienstinformationen, dafür drückt Russland ein Auge zu, wenn wir Militärschläge gegen die Hisbollah und andere iranischen Stellungen in Syrien ausführen. Wie du dir denken kannst, ist dies ein sehr heikles Gleichgewicht. Die völlig sinnlose Ermordung eines Oligarchen aus Putins innerstem Kreis hätte dieses

Gleichgewicht empfindlich gestört. Das ist der Grund, weshalb Wlassow am Leben bleiben musste.«

»Danke für deine ehrliche Antwort, Aryeh.«

***

Jerusalem – Der Generaldirektor des Mossad hatte dem Ministerpräsidenten im Anschluss an die sonntägliche Kabinettssitzung nur gesagt, dass man an einer ganz speziellen Lösung arbeite. Netanyahu hatte sich mit dieser Antwort zufriedengegeben. Er wusste aus Erfahrung, dass ihn Dahan erst dann vollumfänglich einweihen würde, wenn er und seine Leute einen realisierbaren Vorschlag entwickelt hatten. Alle früheren Generaldirektoren hatten so gearbeitet, und alle Ministerpräsidenten hatten sich mit dieser Arbeitsweise von Israels wichtigster Spionagebehörde abgefunden.

Bereits eine Woche später, nachdem die Führung des Mossad zu dem Ergebnis gekommen war, dass der Vorschlag, der dem Premierminister unterbreitet werden sollte, ausgereift war, bat Dahan Netanyahu um ein Geheimtreffen mit ihm und dem Verteidigungsminister. Als Generaldirektor des Mossad konnte er sich nicht einfach so mit Verteidigungsminister Yoav Gallant treffen. Netanyahu hasste Geheimtreffen hinter seinem Rücken, aber er liebte sie, wenn er den Vorsitz innehatte. »Okay«, hatte er gesagt, »wir machen das im Anschluss an die Sitzung des Sicherheitskabinetts. Nur du, Yoav und ich.«

Yoav Gallant, ein ehemaliger Generalmajor der israelischen Armee, war erst seit einem halben Jahr Verteidigungsminister. Er hatte bereits bei seinem Amtsantritt im Dezember 2022 gewusst, dass es nicht leicht werden würde, die volle Akzeptanz des Generalstabs zu gewinnen. Und noch schwieriger würde es werden, das volle Vertrauen des Premierministers zu gewinnen, der bei kritischen Themen eher den Einschätzungen des Mossad vertraute als den Einschätzungen seiner Militärs. Deshalb war er überrascht, als ihn Netanyahu im Anschluss an die Sitzung des Sicherheitskabinetts bat, noch zu bleiben.

Gallant brauchte nur wenige Minuten, um zu begreifen, dass es um eine hochkomplexe persönliche Racheoperation des Ministerpräsidenten ging, die sich der Mossad zwar ausgedacht hatte, aber die von seinen Militärs ausgeführt werden sollte. Während der sportlich-elegant gekleidete und eloquente Generaldirektor des Mossad seinen Einführungsvortrag hielt, überlegte er, woher dieser seine hochzutreffenden Informationen hatte. Ein lächerlicher Gedanke.

»Sie wissen, dass unsere F-35 nicht über die Reichweite verfügen, um nach der Ausführung der Operation wieder sicher in Israel zu landen«, sagte Gallant. »Ohne entsprechende Betankungsflugzeuge können wir höchstens bis zur Ostgrenze des Iraks fliegen. Den Rest der Flugstrecke vom Ost-Irak bis zum Ziel in Teheran müssen wir entweder von *Rampage Missiles* oder *Blue Sparrows* erledigen lassen. Das sind Überschallraketen, die von der iranischen Luftabwehr nicht entdeckt werden können.«

»Es gibt noch eine dritte Möglichkeit«, erwiderte Dahan.

»Welche?«

»Hochenergiestrahlen.«

»Viel zu früh. Das System ist noch nicht serienreif.«

»Da habe ich andere Informationen.«

»Wir haben nur einen Prototypen, Ron. Wir sind aber kurz vor der Serienreife. Wollen Sie dieses Risiko eingehen?«

»Das entscheidet der Ministerpräsident.«

»Und wie wollen Sie dieses System nach Teheran bringen?«

»Es gibt zwei Möglichkeiten. Entweder mit einer Stealth-Drohne, oder wir jagen das System in eine Umlaufbahn und starten den Angriff vom Weltraum aus.«

»Sie sprechen von gerichteten Energiewaffen?«, fragte Netanyahu.

»Ja«, sagte Dahan. »Die Drohnen für den Transport dieses Waffensystems haben wir. Wir haben erst im Januar eine iranische Drohnenfabrik in Isfahan mit drei dieser Drohnen angegriffen. Diese Drohnen haben praktisch keine Radarsignatur und nur eine schwache thermische Signatur. Der Hersteller sagte uns, dass es für ihn kein Problem wäre, eine Stealth-Drohne mit einer Hochenergielaserwaffe auszurüsten.«

»Ich kenne diese Drohne«, sagte Gallant. »Es ist eine völlig neue Art von Angriffsdrohne: Sie ist in der Lage, viele Arten von Waffen zu tragen, fliegt mit einer Durchschnittsgeschwindigkeit von etwa 350 km/h, kann Waffen mit einem Gewicht von bis zu 300 kg tragen, bis zu 24 Stunden ununterbrochen und bis zu einer Höhe von 24.000 Fuß fliegen. Sie ist wirksam für eine Reichweite von etwa 2.000 km.«

»Was wäre besser, den Angriff tagsüber oder in der Nacht zu starten?«, fragte der Premierminister.

»Tagsüber«, sagte Gallant. »Die Hochenergiestrahlen sind bei Tageslicht nicht sichtbar, nur in der Nacht.«

»Und was würde dann mit dem Gebäude passieren? Es hat immerhin acht Stockwerke. Würde es von oben nach unten abbrennen?«

»Nein, die Hochenergiestrahlen durchdringen das ganz Gebäude in einem einzigen Augenblick, in Lichtgeschwindigkeit sozusagen. Alle Büros in allen acht Stockwerken würden gleichzeitig Feuer fangen. Und falls es noch einige unterirdische Stockwerke gibt, wären sie ebenfalls betroffen. Wenn Sie möchten, kann ich Ihnen die physikalischen Prozesse gern im Detail erklären.«

»Nein, ich denke, das ist nicht nötig.«

»Auf jeden Fall würde es keine Überlebenden geben. Bei 1.600 Grad Celsius wäre alles Leben in diesem Gebäude auf der Stelle ausgelöscht. Und die extreme Hitze auf allen Etagen würde das ganze Gebäude in kürzester Zeit in sich zusammenfallen lassen. Wie gesagt, das einzige Problem besteht darin, dass wir nur einen Prototypen haben.«

»Aber dieser Prototyp funktioniert, oder?«

»Er funktioniert hundertprozentig.«

Der Ministerpräsident schlug mit beiden Händen auf den Tisch. »Okay, dann machen wir es so.«

***

Nach dem dreifachen Drohnenangriff mit Hochenergielaserwaffen, der das gesamte achtstöckige Gebäude des Geheimdienstes der Revolutionsgarde in Schutt und Asche gelegt hatte, lebte die iranische Führung in einer anderen Welt. Ein unvorstellbares Flammeninferno und eine unglaubliche Hitze von 1.800 Grad Celsius hatte alles

Leben in diesem Gebäude ausgelöscht. Die Abschreckung hatte funktioniert. Mit einem dermaßen verheerenden Racheakt Israels hatte niemand in der religiösen und politischen Führung des Iran gerechnet. Die Mullahs hatten verstanden, dass ihr Leben ab jetzt am seidenen Faden hing. Achtzig Prozent der Iraner waren sowieso gegen das Regime, und die iranischen Jugendlichen wollten nicht mal mehr vom Islam etwas wissen. Kurze Zeit später fand der Mossad heraus, dass die Mullahs in verschiedenen islamischen Ländern, darunter Katar, Dubai und Saudi-Arabien um Asyl nachgesucht hatten. Ausnahmslos alle die Länder hatten abgelehnt. Selbst das islamische Nigeria hatte ihnen die Einreise verwehrt.

MAI 2024

Es gibt zwei historische Ereignisse, bei denen jeder, der sie erlebt hat, selbst nach Jahrzehnten noch weiß, wo er sich aufgehalten hat, als ihn die Nachricht von diesem Ereignis erreichte. Das eine war die Ermordung von US-Präsident John F. Kennedy am 22. November 1963 in Dallas, das andere der Terroranschlag auf die Zwillingstürme am 11. September 2001 in New York.

Es gab aber noch ein drittes Ereignis: Das war das Hamas-Massaker vom 7. Oktober 2023 an 1.400 unschuldigen israelischen Juden. Die abscheulichsten Monster, die die Geschichte kennt, verbrannten Babys, ermordeten Kinder, vergewaltigten Frauen, verstümmelten Männer und entführten unschuldige Zivilisten nach Gaza. Der Schock, der an diesem Tag durch die israelische Gesellschaft fuhr, lässt sich in Worten nicht beschreiben. Ein Land, das noch am Tag zuvor politisch in sich geteilt war, stand plötzlich da wie ein einziger Block. Und während in Russland und in der Ukraine junge Männer alles in Bewegung setzten, um bloß nicht zum Militär eingezogen zu werden, verhielt es sich in Israel genau umgekehrt. Zigtausende junge israelische Männer, die über die ganze Welt verstreut lebten, setzten sich ins nächstbeste Flugzeug nach Israel, um sich dem Militär zur Verfügung zu stellen.

Die Vorbereitungen für dieses Massaker hatten extremer

Geheimhaltung unterlegen, so dass noch nicht einmal die iranische Führung in die Hamas-Pläne eingeweiht worden war. Entsprechend groß war das Entsetzen in Teheran. Die Hamas-Führung hatte auf eigene Faust gehandelt, um allen Ruhm für sich allein zu beanspruchen. Sie hatte wohl damit gerechnet, dass sich die Hisbollah und die anderen iranischen Stellvertreter in der Region jetzt ebenfalls in die Schlacht werfen würden. Aber nichts dergleichen geschah.

Die Mullahs schäumten vor Wut. Der Alleingang der Hamas hatte alle ihre Pläne obsolet gemacht, denn ab diesem 7. Oktober 2023 befand sich ganz Israel im allerhöchsten Alarmmodus.

Rund dreieinhalb Monate lang, ungefähr bis Mitte Januar 2024, führte Israel den totalen Vernichtungskrieg gegen die Hamas. Nach wochenlangem Bombardement durch die israelische Luftwaffe begann die Bodenoffensive. In Gaza City und Khan Yunis blieb kaum ein Stein auf dem anderen. Danach war die Macht der Hamas weitestgehend zerbrochen, so dass nur noch zahllose kleinere Spezialoperationen nötig waren.

Am schwierigsten erwiesen sich die Kämpfe unterhalb der Erdoberfläche in einem wahrhaft gigantischen Tunnelsystem. Aber auch oberhalb der Erdoberfläche waren die Kämpfe extrem gefährlich. In jeder Ruine lauerte wenigstens ein Scharfschütze der Hamas. Es gab kein Krankenhaus, keine Schule, keinen Kindergarten und keine Moschee, ohne dass sich dort Terroristen mit schweren Waffen versteckten.

Alle Spezialisten für den Häuserkampf, den sogenannten *urban warfare*, hatten bestätigt, dass Israel weltweit einzigartig die humanste Art der Kriegsführung praktizierte mit einem absoluten Minimum an zivilen Opfern. Von den insgesamt 24 Bataillonen, über die die Hamas zu Beginn des Krieges verfügte, zerlegten die IDF schließlich neunzehn. Von den fünf verbliebenen Bataillonen verschanzten sich vier in der letzten Bastion der Hamas, in Rafah. Jedem Israeli war klar: Wenn diese letzte Bastion nicht fiel, dann würde sich der 7. Oktober schnell wiederholen. Aber Netanyahu hatte wiederholt klargemacht, dass es einen Einmarsch israelischer Truppen in Rafah auf jeden Fall geben würde, um die letzten Terrorbataillone der Hamas zu eliminieren, unabhängig davon, ob es einen Geiseldeal gäbe oder nicht.

Aber die Biden-Administration unternahm alles, um die israelische Regierung an der Rafah-Offensive zu hindern.

Bei einem israelischen Luftangriff auf das iranische Konsulat in Damaskus am 1. April 2024 wurde das Konsulatsgebäude der iranischen Botschaft in Damaskus zerstört. Nach iranischen Angaben befanden sich Brigadegeneral Muhammad Reza Zahedi, sein Stellvertreter Brigadegeneral Haji Rahimi und fünf weitere Offiziere der Islamischen Revolutionsgarde unter den Toten. Der Angriff erfolgte mit sechs Raketen, die von israelischen F-35 abgefeuert wurden.

Am 13. April 2024 folgte der iranische Vergeltungsschlag. Aber von den 110 ballistischen Raketen, 36 Marschflugkörpern und 185 Drohnen, die gegen Israel abgeschossen wurden, erreichten 99 Prozent wie durch ein Wunder ihr Ziel nicht.

Obwohl dieser iranische Vergeltungsschlag unterm Strich absolut wirkungslos blieb, war er doch dermaßen massiv, dass alle Welt nun mit einem verheerenden israelischen Gegenschlag rechnete. Doch nach intensiven internen Beratungen kam das israelische Kriegskabinett, das kein Interesse an einer weiteren Eskalation hatte, zu dem Schluss, dass es klüger wäre, dem Iran eine kleine, aber dafür sehr deutliche Botschaft zu schicken: *Wir können nicht nur euer Luftverteidigungssystem austricksen, nein, wir können das selbst dann, wenn sich alle eure System auf der höchsten Alarmstufe befinden.* Das iranische Verteidigungssystem war nicht irgendein Verteidigungssystem, sondern das Beste vom Besten, das russische Verteidigungssystem. Alles in allem also die maximale Demütigung für das iranische Regime.

Dann, über Nacht, explodierte der Antisemitismus in den USA wie ein Virus. Egal ob Katar, Iran, China oder George Soros – sie alle wollten ein komplett destabilisiertes Amerika sehen. Die Infiltration war vollkommen. Beteiligt waren viele US-amerikanische Organisationen, die von George Soros finanziert wurden. Es waren aber weniger Pro-Palästina-Demonstrationen, als vielmehr Pro-Hamas-, Anti-Israel- und Anti-Amerika-Demonstrationen, wobei interessanterweise mehr amerikanische als israelische Flaggen verbrannt wurden. Man sprach von der Globalisierung der Intifada. Die Demonstranten wussten buchstäblich nichts über die Verhältnisse im Nahen Osten. Diese gekauften Kinder hatten keine Ahnung, wie oft den Palästinenser ein eigener Staat angeboten worden war und wie oft sie diesen abgelehnt hatten, wie oft der Hamas Waffenstillstände angeboten worden waren und wie oft die Hamas einen Waffenstillstand abgelehnt hatte. Während 80 Prozent der Amerikaner Israel unterstützten und 72 Prozent sich wünschten, dass Israel den Job zu Ende führte und in Rafah einmarschierte, erhöhte die Biden-Administration täglich den Druck auf die israelische Regierung.

Israel kämpfte jetzt an mehreren Fronten: Libanon, Syrien, Jemen, Irak, Gaza und Westbank, Iran und weltweit. Israel kämpfte aber nicht gegen die jeweiligen Regierungen, sondern gegen die Stellvertreter des Iran. In Syrien gab es fünfzehn verschiedene Widerstandsgruppen, im Irak fünfzig.

Jeder, der nicht ganz blind war, konnte sehen, dass die Biden-Administration massiv gegen israelische Interessen handelte und eine unverhohlen pro-iranische Politik verfolgte. Insofern war dies eine klare und direkte Fortsetzung der Politik von Barack Obama.

Das iranische Regime war in den letzten vier Jahren sehr reich geworden, weil die Biden-Administration in der Hoffnung, das Regime in einen neuen völlig sinnlosen Nuklear-Deal einzubinden, viele Sanktionen gegen den Iran, die noch von seinem Vorgänger Donald Trump verhängt worden waren, aufgehoben hatte. Der Iran verkaufte sein Öl an Venezuela und China und Waffen an Russland. Und was machten die Mullahs mit diesem Geld? Sie pumpten es natürlich in ihre Stellvertreter. Der 7. Oktober war die direkte Konsequenz dieses Wahnsinns.

Der israelische Ministerpräsident erlebte nervenaufreibende Tage. Während die Mehrheit seines Kabinetts die Befreiung der Geiseln als zweitrangig einstufte und stattdessen auf der vollständigen Ausrottung der Hamas bestand, gingen immer mehr Israelis mit der Forderung auf die Straße, die Befreiung der Geiseln habe jetzt absolute

Priorität, deshalb müsse sich die Regierung kompromissbereit zeigen.

In den ersten Maitagen erfuhr dann auch die israelische Öffentlichkeit, warum es so wenige überlebende Geiseln gab. Die Gräueltaten, die von den Bürgern des Gazastreifens am 7. Oktober begangen wurden, überstiegen das Vorstellbare. Dutzende von Entführten wurden an den Beinen an Autos gefesselt und in einer »Siegesprozession« durch den Gazastreifen geschleift. Bis von den Gesichtern nichts mehr übrig war! Die ganze Straße jubelte! Frauen und Kinder rissen ihnen Organe als Souvenir ab! Auch die männlichen Entführten wurden vergewaltigt, rasiert und mit Frauenkleidern bekleidet.

Am Vorabend des 6. Mai 2024, an *Yom HaShoah*, dem Holocaust Gedenktag, sagte der Ministerpräsident in Yad VaShem: »Vor achtzig Jahren, während des Holocausts, war das jüdische Volk völlig wehrlos gegenüber denen, die uns vernichten wollten. Keine Nation kam uns zu Hilfe. Heute stehen wir wieder Feinden gegenüber, die unsere Vernichtung wollen. Ich sage den Führern der Welt: Kein noch so großer Druck, kein Beschluss eines internationalen Forums wird Israel davon abhalten, sich zu verteidigen. Als Premierminister von Israel – dem einen und einzigen jüdischen Staat – verspreche ich heute hier in Jerusalem an diesem Holocaust-Gedenktag: Wenn Israel gezwungen ist, allein zu stehen, wird Israel allein stehen Aber wir wissen, dass wir nicht allein sind, weil unzählige anständige Menschen auf der ganzen Welt unsere gerechte Sache unterstützen. Und ich sage euch, wir werden unsere völkermordenden Feinde besiegen. Nie wieder ist jetzt!«

Nachdem die Biden-Administration drei Monate lang

alles versucht hatte, um den Einmarsch der israelischen Streitkräfte in Rafah, der letzten Hamas-Bastion, zu verhindern, griff Israel am Abend des 6. Mai 2024 endlich an.

Und während die ganze Welt nun auf Rafah schaute, wo die teuflischen Todesschwadronen des Yahya Sinwar der Reihe nach vernichtet wurden, bereitete sich Israels Armeechef Herzi Halevi auf die Offensive im Libanon vor.

Auf den Stationschef der Berliner Mossad-Residentur wartete eine neue Mission.

Yossi Diskin im Mai 2024

DER AUTOR

Yossi Diskin interessiert sich seit Jahren für internationale Politik, insbesondere für Nahostpolitik. Seine ganze Leidenschaft gilt Israel, das er viele Male besucht hat und zu dem er vielfältige Beziehungen unterhält. Deshalb spielen auch seine Agententhriller teilweise dort. Diskin verfügt über umfassende Kenntnisse in jüdischer Geschichte und jüdischer Kultur. Er spricht fließend Deutsch, Englisch und Spanisch sowie ein gerade noch akzeptables Französisch und Israel-Hebräisch. Darüber hinaus interessiert er sich für Prophezeiungen, insbesondere für die biblische Prophetie. Unter dem Pseudonym Ruben Stein hat er sechs weitere Bücher publiziert, die sich u.a. mit dem Thema Prophezeiungen befassen. Seit 2017 lebt er mit seiner Familie in Paraguay.

WEITERE BÜCHER VON YOSSI DISKIN

„Davids Schleuder"
Books on Demand, 2020
ISBN: 978-3-7519-4416-8

„Feinde in hohen Positionen"
Books on Demand, 2021
ISBN: 978-3-7543-7271-5